KB041174

우야마 마유코

같은 중학교 동창인 마사이치의 친구.
평소에는 경박하게 구는데, 마유코
앞에서는 어쩐지 평소처럼 행동하지
못한다.

사루가야 산타

같은 중학교 동창인 마사이치의 친구.
평소에는 경박하게 구는데, 마유코
앞에서는 어쩐지 평소처럼 행동하지
못한다.

## 쿠루미 토이로

실은 오타쿠인 인싸 톱클래스 소녀.
마사이치와 위장 커플 상태인데, '진짜
연인 작업'이라는 명목으로 사전 약속도
없이 커플 같은 행동에 도전하는 중.

## 마조노 마사이치

현실에서는 충전 모드로 지내는 오타쿠
소년. 소꿉친구인 미소녀 토이로의
부탁을 받고 위장 남친이 되었는데, 돌연
적극적으로 변한 토이로 때문에
곤혹스러워하는 중.

"괜찮아. 티셔츠처럼 가벼운 패션이면 돼.
마사이치, 넌 그걸로 충분해.
그냥 내가 의욕이 넘쳤던 거지."

여자 친구이니까——.

커버 그림, 본문 일러스트 | **시오 카즈노코**

# contents

ne,mouisso asukidayan
osananajime no bsy
tanomarete kamoh
hajimemashta

〈1〉 연인 작업 게임은 HP를 소비한다    009

〈2〉 날씨는 쾌청, 협박하기 좋은 날    029

〈3〉 두 쌍의 임시    059

〈4〉 이번 주 일요일에
나와 데이트해줘!    073

〈5〉 돌발 연인 작업,
마유코에게는 효과 만점!    088

〈6〉 설산 이론    147

〈7〉 뜻밖의 전투 상황!    183

〈8〉 추억은 감성적    227

〈9〉 진짜 연인 작업 – 속편    245

〈10〉 좋아한다는 것은    276

그것은 어느 날 방과 후, 집으로 돌아가는 길에 내가 무심코 꺼낸 한마디에서 시작됐다.

"우리 웬만한 연인 작업은 거의 다 해버린 것 같지 않아?"

"뭐?!"

옆에서 걷고 있던 토이로가 휙! 하고 고개를 돌려 이쪽을 봤다.

10월이 되어 토이로는 긴소매 블라우스 위에 교복 조끼를 걸치고 있었다. 낮에는 아직도 더위가 이어지고 있었지만, 저녁 이 시간대쯤 되면 좀 시원한 바람이 불었다.

"생각을 해봐. 지금도 평범하게 걸어서 집에 가고 있잖아. 전에는 이어폰이 어떻고, 애칭이 어떻고 했는데. 딱히 없어도 난 괜찮지만, 그냥 문득 생각이 나서."

내가 그렇게 말하자, 토이로는 "으음" 하고 입술을 삐죽거렸다.

그러다가 돌연 헉! 하더니.

"아냐, 아직 남아 있어! 연인 작업!"

그런 말을 꺼냈다.

"뭐? 남아 있어?"

"당연하지! 마사이치, 너랑 할 수 있는 것이 아직도 많이 남아 있거든?"

아직 쌓아둔 것이 있었나 보다. 아무래도 상관은 없지만.

"오늘은 방에서 실컷 연인 작업을 하자! 연인 작업으로 새바람을 일으키는 거야!"

뭐지. 아무래도 토이로의 마음에 이상한 불이 붙어버린 것 같다.

방에서 하는 연인 작업이라…….

흥흥 콧김을 거칠게 뿜으면서 아까보다 빠르게 걷는 토이로. 그런 그녀의 뒷모습을 나는 서둘러 쫓아갔다.

*

방에 들어가면 언제나 곧장 침대 위로 다이빙하던 토이로가 오늘은 웬일로 바닥에 똑바로 꿇어앉았다.

나도 토이로를 흉내 내어 앉았다. 그리하여 둘이 마주 보게 되었다.

휴 하고 살짝 숨을 쉬더니 토이로가 입을 열었다.

"자, 그럼 시작해볼까요."

"뭔데? 새삼스럽게…….'

"잘 봐, 마사이치. 지금부터 너에게 가르쳐줄게. 연인 작업에 한계란 없다는 것을."

후후후 하고 은근히 도전적인 미소를 지으면서 토이로는 가방 속에서 스마트폰을 꺼냈다. 슬쩍 그 화면을 보니까, 아마도 메모장 앱을 켠 것 같았다. "음~ 그러니까……" 하고 조그맣게 중얼거리며 확인을 하고 있었다.

저기에 연인 작업을 모아둔 건가.

"그런데 방 안에서 연인 작업을 해봤자 아무 소용없잖아? 보는 사람도 없는데……."

"Non, Non. 그렇지 않아. 이것은 연습입니다. 불시에 밖에서 연인 작업을 해야 하는 상황이 오더라도 잘 대처할 수 있도록, 임! 션! 태세의 연인들은 언제나 훈련을 게을리해서는 안 됩니다."

"'임시'를 억지로 '임전'처럼 발음하지 마."

내가 냉정하게 지적하자, 토이로는 으하하 하고 즐겁게 웃었다.

"좋아. 그럼 제1작업을 발표하겠습니다."

"제1이라니, 제 몇까지 있는 건데……?"

"연인의 행동은 무한한 거야. 그러면 첫 번째 종목은──."

토이로가 스마트폰에 처박았던 고개를 들고 나를 보면서 주제를 발표했다.

"'사랑해 게임'. 바로 이거야!"

"사랑해 게임?"

연인 작업인데 게임을 한다고?

나는 고개를 옆으로 갸우뚱했다.

"응. 이거 몰라? 얼마 전에 유행했는데."

"이름만 봐도 나하고는 인연이 없을 것 같잖아?"

"아~. 네, 그럼 규칙을 설명하겠습니다!"

야, 뭔가 한마디라도 해봐. 난 내가 외로운 아싸란 점을 크게 신경 쓰지 않는다고. 당신도 잘 알고 계시잖아요? 토이로 씨.

"우선 둘 중 한 사람이 상대에게 '사랑해'라고 말합니다. 그 말을 들은 사람은 '한 번 더!'라고 대꾸합니다. '사랑해' '한 번 더!'. 그것을 반복하다가 먼저 부끄러워하는 사람이 지는 겁니다. 단순하고 명쾌하죠? 이 규칙이 그대로 연인 작업이 되는 거야."

"룰은 일단 알겠는데……."

결국 사랑한다고 상대에게 계속 말한다는 거다. 게임이라고 알면서도 부끄러워지는 걸까?

"누가 먼저 공격해?"

"공격이 '사랑해'라고 말하는 쪽이지? 마사이치, 넌 어느 쪽이 좋아? 네가 골라도 돼."

"……그럼 수비로."

수비는 '한 번 더!'라는 말을 아무 생각 없이 되풀이하기만 하면 되니 비교적 유리할 거다.

어떤 게임이든 이기려고 노력하는 것이 당연하니까.

"좋아, 그럼 공격한다? 내 사랑을 받아봐!"

토이로는 그렇게 말하더니 고개를 옆으로 세차게 흔들었다. 그리고 심기일전, 진지한 표정을 지었다. 나는 마른침을 꿀꺽 삼켰다.

토이로가 흡 하고 숨을 들이마시더니 자신만만하게 말했다.

"사랑해!"

얼굴에 입꼬리가 부자연스럽게 옆으로 쭉 늘어난 가식적인 미소가 어려있었다.

"한 번 더."

그러자 토이로는 옆을 보면서 다시 한번 숨을 고르고 말했다.

"사랑해!"

이번에는 대사와 동시에 날 향해 찡긋 윙크했다.

"큭, 한 번 더."

"휴우……. 사랑햇!"

이번에는 양손 손가락을 맞대고 하트 모양을 만들어 내게 쏙 내밀었다.

"하, 한 번 더, 큽—— 야, 잠깐만. 너 아까부터 나를 웃기려고 일부러 이러는 거지?"

"그런 거 아니거든?! 난 진심이야!"

"거짓말하네! 그 얼굴이랑 제스처는 완전히 작정하고 꾸며낸 거잖아!"

"아하, 알았다. 마사이치, 일부러 게임을 중단해서 부끄러움을 숨기려는 거지?!"

부끄러움은커녕 윙크를 날리고 하트를 던져대는 탓에 나는 웃음을 참기 바빴다. 이거 반칙 아니야?

하지만 내가 일부러 게임을 중단했다고 오해를 받는 건 사양이다. 나는 심호흡 한 후 자세를 고치고 토이로를 쳐다봤다. 토이로도 "크흠" 하고 헛기침을 하더니 허리를 쭉 펴고 이쪽을 향해 고개를 들었다.

이 게임을 시작한 후 처음으로 우리의 시선이 정면에서 교차했다.

"앗……."

토이로가 희미한 소리를 내는 것이 들렸다. 그대로 우리는 한동안 서로 마주 본 채…….

"게, 게임, 시작 안 해?"

"시, 시작할게."

토이로는 무릎 위의 손을 오므려 주먹을 꼭 쥐더니 입술을 움직였다.

"——사랑해."

"한 번 더."

"사, 사랑해."

"한 번 더."

"사, 사사, 사랑해."

너, 부끄러워하고 있잖아!

토이로의 얼굴도 빠른 속도로 붉어졌다. 나도 눈을 맞추고 있자니 솔직히 무지무지 쑥스러웠다.

"토이로, 너 부끄러워하는 거 아니야?"

내가 지적하자, 토이로는 "앗!" 하고 손으로 자기 얼굴을 가렸다.

"아니, 그게, 평소에는 이렇게 진지한 얼굴로 서로 마주 볼 일이 없잖아? 그래서 좀 쑥스럽다고 해야 하나, 뭔가 이상한 느낌이야. 어쨌든 부끄러운 건 아니야, 아무튼."

"흠……. 한 번 더."

"사, 사람해."

"역시! 너 발음이 노골적으로 이상하잖아?! 엄청나게 동요했구만! 순순히 인정해, 부끄러워했다고!"

내 말에 토이로는 "윽—" 하고 분한 듯이 신음을 냈다.

"으으, 그럼 마사이치가 한번 공격해봐."

"내가?"

"아무래도 이건 공격자가 불리한 게임인 것 같아."

그렇게 주장하면서 토이로는 다시 똑바로 나를 쳐다봤다.

만약에 한 쪽이 불리한 게임이라면, 단 한 번의 게임으로 승패가 갈리는 건 납득할 수 없을 거다.

나는 하는 수 없이 나도 또다시 토이로와 마주 봤다.

의식하지 마. 쓸데없이 의식해서 실패하는 거야. 무념무상. 아무렇지도 않게.

무작정 그런 생각으로 머릿속을 꽉 채우면서 가볍게 입을 열었다.

"……토이로, 사랑해."

"헉――!"

눈앞에서 토이로의 얼굴이 또다시 화르르 붉게 달아올랐다.

"저, 저기, 잠깐만, 이름은 왜 집어넣었어?!"

"그냥 자연스럽게 하려다가 무심코."

"치사해! 이건 변칙 공격이야!"

"어쨌든 너, 부끄러워했잖아. 내가 이겼어."

"아니야. 안 돼. 방금은 놀라서 그런 거였어."

"부끄러워했잖아. 아무리 놀랐다고 해도 그렇게 얼굴이 빨개지진 않아."

그러나 토이로는 끈질기게 변명을 늘어놓았다.

이 이상 게임을 이어가는 사태는 피하고 싶었던 나는 예, 예 하고 적당히 받아넘겼다. 나 자신도 얼굴이 안쪽에서부터 서서히 뜨거워지는 것을 자각했기 때문이다.

이리하여 사랑해 게임은 어찌어찌 나의 승리로 끝났다.

＊

오후 5시 무렵.

"좋아, 다음 작업으로 넘어갈까."

"이미 기묘한 피로감을 느끼고 있는데……."

토이로는 좀 전과 마찬가지로 스마트폰 메모장을 체크하고 있었다. 금방 다음 게임이 정해졌는지 고개를 들었다.

"다음은 기본 중의 기본, '빼빼로 게임'. 이걸로 정했다!"

"빼빼로 게임이라고……?"

"어…… 설마 이것도 몰라?"

"야, 사람 무시하지 마. 당연히 알지."

아니까 두려움을 느낀 것이다.

토이로 이 자식, 또 그렇게 정신적으로 피곤한 걸 고르다니.

애초에 왜 또 '게임'이야?

"이건 그야말로 완벽한 커플의 놀이잖아? 규칙은 사랑해 게임과 마찬가지야. 먼저 부끄러워하는 사람이 지는 거지. 도망치는 것도 안 되고, 겁먹어서 빼빼로를 똑! 부러뜨리는 것도 지는 거야."

"그건 알겠는데…… 빼빼로가 있어?"

"당연히 있지."

토이로는 히죽 웃더니 옆에 놔뒀던 가방에서 이미 뜯은 빼빼로 상자를 꺼냈다. 학교에서 쉬는 시간에 먹었던 걸까.

역시 군것질을 참 좋아한다니까…….

그녀는 빼빼로를 하나 뽑아서는 나한테 가까이 들이댔다.

"우선 가위바위보를 할까?"

"……왜?"

나는 고개를 갸웃거렸다. 빼빼로 게임에 웬 가위바위보?

"빼빼로 게임에 선공이 있었던가?"

"무슨 소리를 하는 거야? 누가 초콜릿 부분을 먹을지를 정해야 하잖아."

"어…… 그렇구나…….""

난 생각도 안 해본 일이었다. ……아무 데나 물면 되는 거 아닌가.

"그럼 네가 초콜릿 부분을 먹어."

"뭐?! 초콜릿을 먹고 싶지 않아?"

"오히려 초콜릿이 없는 부분이 물기 더 쉽지 않냐?"

"흥, 빼빼로를 아주 우습게 보는구나? 이 얇게 코팅된 초콜릿 부분이 제일 맛있는 건데……. 좋아, 빼빼로가 당한 굴욕을 갚아주마."

"그런 게 아니잖아…….""

초콜릿 부분이 맛난 것은 나도 안다. 그러나 빼빼로 게임 도중에 맛을 느낄 여유가 내게 있겠는가.

"자, 정정당당하게 싸우자."

토이로는 그렇게 말하고는 빼빼로의 초콜릿 부분을 입에

물었다. 그러고는 똑바로 꿇어앉은 자세로 이쪽을 향해 "음!" 하고 빼빼로 반대쪽을 내밀었다.

나는 가볍게 심호흡하고 나서 신중하게 끄트머리를 물었다. 무심코 입에 힘이 들어가자 가느다란 빼빼로가 부러질 듯 부르르 떨려 흠칫했다.

"쟈, 항하?"

자, 간다. 그렇게 말한 것 같았다. 토이로의 신호에 나도 눈빛으로 동의했다.

"훈히, 히—학."

그리고 시합이 시작됐다.

처음부터 나는 단번에 3cm 정도를 대뜸 물었다. 시작부터 과감하게 나가 상대를 압박할 생각이었다.

그러나 토이로도 같은 생각이었는지, 3cm 정도를 단번에 씹어 먹었다.

상대의 얼굴이 급격히 가까워졌다. 토이로의 커다란 눈동자와 코앞에서 시선이 딱 마주쳤다. 나는 무의식중에 옆으로 시선을 피했다.

——큰일 났다. 부끄러워하면 지는 건데!

당황하여 급히 시선을 돌리니, 토이로의 시선도 방황하다 돌아오는 중이었다. 그녀도 부끄러운 걸까. 아직은 잘 모르겠다.

결국 다시 그녀와 눈이 마주쳤다.

시선을 피하지는 않으려고 집중하고 있으니 토이로의
표정이 사악하게 변했다.

"형형하혜 하멍 새이엉하하? 호홍씩 하하하히망 하능
허이카. 우히 후 하 우흘 하하호하?"

평범하게 하면 재미없잖아? 조금씩 다가가기만 하는 거
니까. 우리 둘 다 눈을 감아볼까──라고?

여기까지 와서 난도를 더 높일 줄이야. 이러다 사고나면
어쩌려고?

"아하이히, 이헛호 연힁 하허이햐."

마사이치, 이것도 연인 작업이야──라고?

내가 무슨 말을 하기도 전에 토이로는 먼저 눈을 감아버
렸다.

아니, 그런데 난 어떻게 아까부터 저 옹알이를 알아듣는
거지? 우물거리는 소리밖에 안 들리는데.

오랫동안 같이 지내서 그런가, 토이로가 지금 무슨 말을
하는지 알 것 같았다.

눈을 감고 입술을 쭉 내밀면서 빼빼로를 물고 있는 토이
로. 마치 신호가 켜진 것처럼 그녀의 뺨이 붉은빛을 띠었다.

뭐야, 너도 부끄러운 거 아냐……?

"우, 우승 이히 새혀호 한 호홍하?!"

무슨 일이 생겨도 난 모른다?! 내가 그렇게 말하자, 토
이로가 눈썹을 꿈틀거리더니 살짝 고개를 끄덕였다.

하는 수 없이 내가 눈을 감자 게임이 재개됐다. 그러자 즉시 빼빼로에서 연속적인 진동이 느껴졌다. 토이로가 먹으면서 전진하는 것이다.

——꽤 많이 먹는데? 얼마나 가까이 다가온 거야?

그런 생각을 하는 사이에도 반대쪽에서 빼빼로를 무는 감촉이 느껴졌다. 노도와 같은 공격이라고 해야 하나. 기분 탓인지 토이로의 좀 거칠어진 콧김이 내 얼굴에 닿는 듯한 느낌이 들었다.

뭔가 오싹한 감각이 내 등골을 강타했다. 심장이 두근두근 세차게 뛰었다.

눈을 감기 전에 마지막으로 봤던, 빼빼로를 물고서 마치 키스를 기다리는 듯한 토이로의 표정이 뇌리에 되살아났다.

——이 얼굴이 지금, 내 눈앞에 있다고……?

그렇게 생각하는 사이에도 토이로가 빼빼로를 먹으면서 이쪽으로 다가오는 것이 느껴졌다. 나는 꼼짝도 못 하고 굳어 있었다.

큰일 났다. 저절로 가슴이 두근거려.

부끄러워한다는 사실을 들키면 지는 거다.

하지만 지금 이 상황에서 내가 적극적으로 공격한다는 것은 불가능해 보이는데——.

그때 나는 문득 생각했다.

빼빼로 게임은 부끄러워하면 지는 거다. 그것을 전제로 삼아, 그런 식의 결말을 상상하면서 나는 이 게임을 시작했다. 그런데…….

만약에 두 사람 다 부끄러워하지 않는다면 어떻게 되는 걸까?

예를 들어 진짜 커플이 이 게임을 한다면, 누가 부끄러워해서 중단하는 경우가 오히려 더 드물지 않을까……?

또다시 가느다란 빼빼로에서 힘이 전해져왔다. 이번에는 틀림없이 토이로의 숨결이 내 얼굴에 닿았다. 나도 모르게 눈을 뜨고 말았다.

"——!"

아슬아슬했다.

우리 둘의 코끝이 닿기 직전이었다.

똑! 하고 나는 반사적으로 빼빼로를 이빨로 끊어버렸다.

토이로가 눈을 번쩍 뜨더니 내 얼굴을 보면서 히죽 웃었다.

"마사이치. 방금 네가 빼빼로를 부러뜨렸지? 내가 이겼어!"

빨라진 심장의 고동이 다시 차분해질 때까지, 내 입안에는 맛이 느껴지지 않는 빼빼로의 쿠키 부분이 남아 있었다.

☆

──후후후, 이것은 내 작전의 승리였어.

마사이치는 게임이 끝난 뒤 빼빼로를 문 채 넋을 잃고 있었다. 그런 마사이치 앞에서 나는 속으로 의기양양한 표정을 지었다.

우리 둘 다 눈을 감아 일부러 난도를 높인다. 그것이 내 작전이었다. 그다음에는 내 목숨을 버릴 각오로 공격한다. 그런 조건이라면, 그렇게 공격하다가 결국 키스까지 해버려도 그것은 사고일 뿐이다.

눈을 뜬 채로는 사용할 수 없는 기술이었다.

게다가 만에 하나 실수로 사고가 나서 키스하더라도, 그건 또 나름대로──.

거기까지 생각했을 때 나는 고개를 옆으로 도리도리 흔들었다.

아냐, 안 돼. 너무 들떴잖아.

왜 이렇게 제멋대로 신이 난 거야? 진짜로 사귀는 사이도 아닌데──.

애초에 방금 그 거리까지 얼굴을 가까이 댔을 때도 이미 엄청나게 부끄러웠잖아?

뜨거워진 뺨을 찰싹찰싹 양손으로 가볍게 때리면서 내가 그렇게 혼자 바쁘게 생각을 하는데, 마사이치가 돌연 놀라서 정신을 차리더니 움직이기 시작했다. 짧아진 빼빼로를 얼른 삼키고 입을 열었다.

"……빼빼로 게임은 내가 진 거지?"

"아, 응. 내가 이겼어. 후후후. 압승이었지."

"크윽, 역시 게임에서 지면 분하구나."

참으로 마사이치다운 대사였다. 어쩌면 다음에 또 했을 때의 필승법을 생각하고 있을지도 모른다.

아니, 잠깐만. 분명히 처음에는 연인 작업을 하려고 했었는데 어느새 소꿉친구 작업처럼 둘이서 시합을 하고 있잖아──?

실은 마사이치와 실내에서 해보고 싶은 연인들의 놀이가 있었으므로 기회는 이때다! 하고 한번 말해봤던 건데…….

마사이치는 휴 하고 숨을 쉬더니 바닥에 앉은 채 침대에 등을 기대었다.

"그런데 이상할 정도로 피곤하다. 세 번째 연인 작업 게임을 하기 전에 좀 쉬지 않을래?"

"아, 그러네. 벌써 이런 시간이 됐으니까. 우리가 같이 놀 시간이 없어지겠어. 세 번째 게임은 다음에 이어서 할까?"

어휴, 진짜. 마사이치는 너무해. 모처럼 하는 연인 작업을, 연인 작업 게임이라고 부르다니…….

그렇게 생각하면서도 나도 마사이치의 의견에 찬성했다.

"응, 그러자! 오늘은 원래 새로 산 게임을 하고 싶다고 했었잖아?"

마사이치는 벌떡 일어나더니 우리 둘이서 게임을 할 준

비를 하기 시작했다.

마사이치가 먼저 제안하긴 했지만, 실은 나도 다음 연인 작업까지는 시간을 좀 두고 싶었다.

아까부터 왠지 몸속 깊숙한 곳이 뜨거워지고 있었다. 이 대로 작업을 계속했다가는 마음이 들떠서 기구처럼 두둥 실 날아가 버릴 것 같았다.

나는 마사이치에게는 보이지 않는 곳에서 몰래 양손으 로 내 뺨을 감쌌다. 큰일 났다. 얼굴도 무지무지 뜨거워.

내가 이렇게나 상대를 의식하게 된 것은, 이미 깨달아버 렸기 때문이다. 진짜가 되고 싶다는 생각을 해버렸기 때문 이다──.

"뭐 해? 준비됐는데."

돌연 그런 목소리가 귀에 들어왔다. 나는 얼른 얼굴에서 손을 뗐다.

마사이치는 다시 침대에 기대어 앉아 있었다. 그는 나를 보면서 탁탁, 옆자리에 놔둔 쿠션을 두드렸다.

그러고 보니 쭉 꿇어앉아 있었네.

나는 마사이치 옆으로 이동해 쿠션 위에 앉았다.

"…………."

평소와 마찬가지로 조금만 움직여도 내 어깨가 마사이 치의 어깨에 닿을 것 같은 위치. 그런데 오늘은 평소와는 달리 묘하게 가슴이 두근거렸다.

실은 사귀지도 않는데, 마치 진짜로 사귀는 것 같은 거리감이었다.

그것이 우리의 특별한 관계.

마사이치가 자세를 바꾸려고 몸을 움직였다. 그러자 너무나 쉽게 우리의 몸이 부딪쳤다.

"앗……."

"응? 왜 그래?"

"아, 아니, 미안. 아무것도 아냐! 자, 어서 게임이나 시작하자, 친구!"

당황하여 이상할 정도로 쾌활한 대사를 뱉고 말았다. 마사이치도 순간적으로 "응?" 하고 의아한 표정을 지었지만, 금방 다시 TV 화면을 바라봤다.

신작 게임을 보면서 눈을 반짝거리고 있는 마사이치. 나는 그 옆얼굴을 힐끔 훔쳐봤다.

이렇게 가까운 곳에서 이런 반짝반짝한 눈동자를 볼 수 있는 것도, 우리의 이 관계 덕분이겠지.

우리는 임시 연인.

다른 커플에게는 없는 관계성.


——그렇다면 그 특별한 관계를, 조금은 이용해도 되는 걸까?

나는 컨트롤러를 붙잡으면서 쿠션 위에서 엉덩이를 슬금슬금 움직여 아주 조금 마사이치에게 가까이 다가갔다.

실제로 지금까지 연인 작업을 열심히 수행한 결과, 나와 토이로가 사귄다는 이야기는 꽤 널리 퍼졌을 것이다. 그 증거로 최근에는 토이로가 사랑이니 연애니 하는 사건에 휘말리지 않게 되었다. 최초의 목적은 이미 달성한 셈이다.

어제 내가 "웬만한 연인 작업은 거의 다 해버린 것 같지 않아?"라고 말했던 것은, 그런 목적 달성이란 뜻도 있었는데——.

그런데 놀랍게도 실내에서 연인 작업 게임을 한다는 식으로 상황이 급전개 되어버렸다.

아침에 등교하면서 나는 그런 어제 일을 멍하니 회상하고 있었다.

토이로는 기본적으로 저혈압이라 아침에는 좀처럼 일어나지 못했다. 그래서 나까지 덩달아 지각하는 사태를 방지하기 위해 아침에는 따로 등교하기로 했다.

토이로와 이야기하면서 집으로 걸어 돌아가는 것도 좋아하지만, 이렇게 혼자 자유로운 속도로 걸어가는 아침 시간도 나는 상당히 마음에 들었다.

혼자 멍하니 생각에 잠겨서 걷는 시간을 소중히 여기는

사람이 있다면, 나는 그 사람과는 친구가 될 수 있을 것이다. 물론 그 녀석은 아마도 나랑 비슷한 아싸 기질이라서 친구가 되기는 어려울 테지만.

심호흡하니 아직은 열기를 품지 않은 깨끗한 공기가 폐를 기분 좋게 채워줬다. 귀에 들려오는 짹짹거리는 참새의 소리가 새로운 하루의 시작을 알려주고 있었다.

"휴……."

──평화롭구나.

맨 처음 사귀는 척하기로 했을 때는 도대체 일이 어떻게 되려나 하고 걱정했었다. 실제로 우여곡절인지 뭔지 하는 온갖 일들이 있었지만, 지금은 완벽하게 안정된 상태였다.

어쩐지 최종 보스를 해치우고 손에 넣은 평화로운 세계 같았다.

아니, 아니지, 안 돼, 안 돼. 방심하지 마. 임시 커플이란 사실이 들통나지 않도록 앞으로도 제대로 연인 작업을 계속해 나가야 하잖아.

하지만 머리로는 그렇게 생각하면서도 마음은 꽤 편안했다.

나는 가벼운 발걸음으로 교문을 지나 승강구 쪽으로 들어갔다.

──냉정하게 생각해보면 쉽게 알 수 있는 사실이었다.

게임을 좋아한다는 소리는 이제 두 번 다시 못할 것 같다.

첫 번째 마을에 있었던 잠긴 문이 어느새 열렸다거나, 수면 한가운데에 수수께끼의 사당이 있는 호수가 갑자기 수위가 낮아져서 사당까지 갈 수 있게 되었다거나, 스토리 도중에 줄곧 소문만 들어왔던 고고한 숨은 보스에게 도전할 수 있게 되었다거나.

RPG 세계에서는 설령 최종 보스를 해치워도 반드시 다음 적, 다음 이벤트가 나오게 되어 있다.

*

쉬는 시간인데도 쉬지 못하다니, 이게 어떻게 된 걸까.

지금은 3교시와 4교시 사이의 쉬는 시간.

이날은 3교시 수업이 미술이라서 북쪽 건물 1층의 미술실로 이동해 수업을 들었다. 남쪽 건물 4층에 있는 1학년 1반 교실에서 거기까지는 그냥 걸어가면 거의 10분이나 걸리는 거리였다. 아니, 쉬는 시간이 10분인데요.

이것은 완전히 학교 측이 설계를 잘못한 거잖아…….

이동하면서도 친구랑 수다 떨면서 재미있게 놀면 된다고? 아니, 난 그렇게 어설픈 방식으로 쉬고 싶진 않다. 제대로 자리에 앉아서 앱 게임의 시간이 지나면 부활하는 이벤트들을 해치우고, 요즘 읽고 있는 라이트노벨 소설책을 몇 쪽이라도 읽거나, 아니면 몇 분이라도 좋으니까 쪽잠을 자는 것이 나에게는 이상적인 휴식이었다.

그래서 나는 언제나 종종걸음으로 교실 이동을 했다.

어차피 혼자인 아싸는 기동력이 뛰어나다.

오른쪽 스텝, 왼쪽 스텝으로 사람을 피하면서 코너를 돌아 계단을 뛰어 올라간다. 단, 지나치게 서두르다가 "쟤는 뭐 하는 거야?" 하고 사람들의 주목을 받는 것도 싫었다. 그래서 뛰지는 않으면서도 경보 수준으로 빠르게 걸었다.

통행인이 많은 복도에서도 사사사삭 하고, 마치 바늘구멍처럼 작은 틈새까지 이용해 그 누구와도 부딪치지 않고 통과했다.

틀림없이 외국인 같은 사람이 본다면 "닌자?! 닌자?!" 하고 깜짝 놀랄 것이다.

뭐, 기본적으로는 교실에서도 존재감 없이 은신하고 있는 셈이니까. 닌자란 표현도 잘못된 것은 아니었다.

그날의 기록은 4분 30초. 나는 자체 최고 기록에 가까운 기록을 달성하면서 1등으로 우리 교실에 돌아왔다. 휴 하고 숨을 돌리며 내 자리에 앉았다.

그리고 주머니에서 스마트폰을 꺼내면서, 손에 들고 있던 미술 교과서를 책상 속에 집어넣으려고 했는데——.

부스럭. 뭔가 신경 쓰이는 소리가 났다.

뭘까. 책상 속에 프린트물이라도 넣어놨나. 기억이 나지 않는데…….

나는 일단 교과서를 꺼내고 그 안을 살펴봤다.

그리고 거기 있는 종이 한 장을 끄집어냈다.

"이, 이건…….."

나도 모르게 주위를 둘러봤다.

교실에 돌아온 사람들 몇 명은 아무도 나에게는 신경 쓰지 않았다. 과연 탁월한 은신 스킬(상시 발동 타입)이구나. 그 스킬이 통하지 않는 상대인 토이로의 모습은 다행히 아직 눈에 띄지 않았다.

나는 책상 그림자에 가려진 무릎 위에다 종이를 올려놓고 다시 한번 몰래 확인해봤다.

편지지였다.

반으로 접힌 그 편지지를 펼쳤더니, 정성스럽게 써놓은 여자의 글씨가 눈에 들어왔다.

──이, 이것은, 이른바 그 뭐냐, 러, 러, 러브레터인가? 아냐, 진정해. 나는 여자 친구가 있는 몸이잖아?! ……임시지만.

그런데 나에게 토이로라는 여자 친구가 있다는 것은 일단 주지의 사실이다.

그 상황에서 나에게 이런 편지를 보내다니.

……이런 편지?

잠깐만. 냉정하게 생각해보자. 아직 편지 내용을 확인하지는 않았다. 여자의 편지를 받아본 경험이 없어도 너무 없어서, 글씨만 봐도 가볍게 패닉 상태에 빠져버렸다.

나는 조심스럽게 그 글자를 눈으로 훑어봤다.


『점심시간이 되면 북쪽 건물 옥상에서 기다리겠습니다. 혼자 와주세요. 안 오면 큰일 날 겁니다.

~P.S.~ 너랑 토이로는 진짜로 사귀는 사이야?』


머릿속이 새하얗게 변하는 기분이었다.

나는 도대체 무슨 착각을 했던 걸까.

유려한 글씨로 된 그 편지는 결코 기분 좋은 핑크빛 내용이 아니었다.

"……이건 협박장이잖아."

나도 모르게 중얼거리고 말았다.

이름은 없었다. 나는 다시 한번 고개를 들어 주위를 둘러봤다. 이쪽을 살피는 사람은 아무도 없었다.

──이게 뭐야. 누가 이런 편지를 보낸 거야? 큰일이라니, 그게 도대체…….

지금이 바로 명탐정 마사이치가 나설 차례였다.

2교시가 끝나고 3교시를 준비할 때는 책상 속에 이런 편지는 없었을 것이다. 그리고 지금 이 쉬는 시간에는 내가 제일 먼저 교실로 돌아왔다. 고로 누군가가 이 편지를 숨겨

둔 것은 그 전의 쉬는 시간, 즉 내가 미술실로 간 다음이다. 그렇다면 범인은 내가 미술실로 간 다음에도 교실에 남아 있었던 사람들로 한정되는데——나는 주위에 관심이 전혀 없는 인간이라서 도무지 알 수가 없었다. 야, 그러고도 네가 탐정이냐…….

하지만 정보량이 적은 이 편지에도 힌트는 하나 숨어 있었다.

범인은 토이로를 나처럼 거리낌 없이 '토이로'라고 부르는 인물이 아닐까.

이것은 제법 그럴듯한 추리일지도 모른다. 토이로는 친구가 많은데, 그들 중 상당수는 토이로를 '토이롱' 같은 애칭으로 귀엽게 부르는 것이다. 여기서 짚이는 인물이 한 명 머릿속에 떠올랐다. 그 여자라면 점심시간을 지정한 이유도 어쩐지 알 것 같았다.

내가 그렇게 생각을 하고 있는데 토이로와 그 친구들 그룹이 교실로 돌아왔다. 신나게 수다를 떨면서 천천히 돌아온 것 같았다. 네 사람이 들어오자 교실 안이 확! 하고 화사하게 변한 것 같았다.

저 여자가 범인이라면, 대체 왜 이런 짓을…….

나를 옥상으로 불러내서 무슨 짓을 하려는 걸까…….

아무래도 게임은 끝나지 않은 것 같았다. 나는 등받이에 몸을 기대고 조그맣게 한숨을 내쉬었다.

큰일 날 거라니, 너무 비겁하잖아.

예를 들어 "안 오면 당신은 다음 시험에서 전 과목 낙제점을 받습니다"라든가 "안 오면 오늘 집에 갈 때 지갑을 잃어버릴 겁니다"라든가. 뭐 그렇게 피해 상황을 구체적으로 적어줬으면, 그걸 보고 갈지 말지 판단할 수 있었을 텐데. ……아니, 이건 꼭 점쟁이 같잖아.

참고로 전자라면 당연히 갔을 테지만, 후자라면…… 망설이다가 어쩔 수 없이 갔을 것이다. 요새는 새로운 카드를 너무 많이 사서 지갑에는 돈이 거의 없었지만, 지갑 자체를 잃어버려서 새로 사려면 그것도 귀찮으니까.

뭐, 현실적으로 생각해본다면 "안 오면, 내가 알고 있는 당신과 토이로의 비밀을 폭로할 겁니다"가 아닐까.

그런 협박이라면 설득력도 있고, 나도 망설임 없이 갈 수밖에 없었을 텐데…….

금방 점심시간이 되었다. 나는 그런 생각을 하면서 무거운 발을 옮겨 옥상으로 걸어갔다.

점심시간이 되면……이라는 것도 너무하다고 생각한다. 적어도 도시락 먹을 시간은 줘야 하지 않나. "점심시간이 되면 일단 도시락을 먹고 좀 쉬다가 옥상으로 와줄래?"라고 하는 것이 좋은 편지(협박장)일 것이다. 배려를 좀 해 달라고……

도중에 힐끔 2반 교실을 엿보다가 얼른 모퉁이를 돌아 연결 복도로 나갔다. 북쪽 건물에는 음악실, 도서관, 3교시에 사용했던 미술실 같은 특별 교실이 주로 있었다. 점심시간에는 사람이 거의 돌아다니지 않는 곳이었다.

그러고 보니 옥상에 가는 것은 처음이었다. 평범하게 학교생활을 한다면 가볼 일이 없는 장소였다. 아니, 애초에 문이 열려 있기는 한가?

영차 영차 하고 계단을 오르다가 이윽고 꼭대기 층의 층계참에 도착했다. 그곳에는 옥상으로 나가는 문 하나만 덜렁 있었다. 먼지 냄새가 나는 공간이었다. 하얗고 눈 부신 빛이 불투명 유리를 통과하여 다소 어둡게 비쳐 들어오고 있었다.

나는 문손잡이를 손으로 잡아 살짝 비틀면서 밀어봤다. 그러자 문은 어이없을 정도로 아무런 저항도 없이 스르르 열렸다.

옥상은 어깨높이의 철조망 울타리로 둘러싸여 있었다. 지금 내가 있는 위치에서는 그 울타리 너머의 새파란 하늘이 보였다.

날씨는 쾌청, 협박하기 좋은 날……이란 건가.

옥상 맨 안쪽의 울타리 근처에 서 있던 한 여자가 이쪽을 돌아봤다.

"정말로 왔네?"

얼굴의 움직임에 맞춰 살랑살랑 춤을 추는, 길고 매끄러운 검은 머리카락. 나를 똑바로 응시하는 크고 시원스러운 눈매. 얇은 입술은 끄트머리가 약간 위로 올라가 있었다. 그 미소가 왠지 자신만만하고 신비로운 인상을 주었다.

예쁘다기보다는 아름답다는 표현이 더 잘 어울릴 것이다. 키도 여자 중에서는 큰 편이고 몸매가 늘씬한 모델 체형이었다. 그 여자가 누구인지는 난 당연히 알고 있었다.

후나미 카에데.

토이로와 친한 친구 그룹의 일원이었다. 토이로가 자주 '카에데'라면서 그 이름을 꺼내기 때문에, 나도 일방적으로 은근히 친근함을 느끼고 있었다.

"……아―, 저, 저기…… 나한테 무슨 볼일이야?"

화려하게 말을 더듬고 말았다.

아무리 친근함을 느끼고 있어도, 실제로 상대를 앞에 두고 대화하는 것은 별개의 문제였다. 우리가 대화하는 것은 처음이고, 심지어 지금은 우리 둘밖에 없다. 더구나 상대는 기품 있는 미인으로, 나카소네 같은 여자애랑 대화할 때와 또 다른 긴장감이 있었다.

하지만 나의 동요에는 관심도 없다는 듯이 후나미는 이야기를 시작했다.

"놀라지 않는구나. 마치 내가 부른 걸 처음부터 알았던 것처럼."

"예, 예상은 했거든."

토이로를 성이 아니라 '토이로'란 이름으로 부르는 인물. 이것만으로도 토이로와 가까운 인물이란 것은 추측할 수 있다.

그리고, 교실에서 나올 때, 나카소네, 마유코, 토이로, 세 사람은 나카소네의 자리 주위에 모여서 가까운 책상들을 붙여 놓고 도시락 먹을 준비를 하고 있었다.

나와 눈이 마주치자 갑자기 손가락으로 V자를 그리더니 찰각찰각 가위질하는 시늉을 하는 토이로는 일단 내버려 두고……. 토이로의 말에 따르면, 평소 같은 그룹인 후나미는 점심을 언제나 다른 반 남자애인 카스카베와 같이 먹는다고 한다.

그런데 오늘 여기로 오는 도중 2반을 힐끔 들여다봤을 때, 카스카베는 다른 남자와 같이 앉아 있었다.

시간을 굳이 점심시간으로 정한 건, 토이로에게 안 들키고 나를 만날 수 있는 시간이기 때문일 거다.

이 정보들로 미루어 볼 때, 후나미가 그 편지를 보낸 사람일 가능성이 가장 크다.

"얘, 언제까지 거기 있을 거야? 이리 와서 이야기하지 않을래?"

후나미가 여전히 옥상 문 옆을 지키고 있는 나를 보며 말했다.

"2반의 남자 친구는 그냥 내버려 뒤도 돼? 쓸쓸해 보이던데."

나는 그녀에게 다가가면서 정말 나한테 볼일이 있는지를 우선 확인했다.

"그럴 리가. 슌은 친구가 많은걸."

한 손으로 울타리의 철조망을 붙잡은 채 후나미는 내가 가까이 오기를 기다리고 있었다.

"그리고 슌은 내 남자 친구가 아니야."

아름다운 검은 머리카락을 바람에 날리면서 어쩐지 쓸쓸해 보이는 표정으로 그렇게 말을 이었다.

후나미와 카스카베가 자주 함께 행동하는 건 이미 알고 있다. 토이로나 사루가야와 이야기하다가 우연히 들은 적도 있었고, 또 여름방학 때 나카소네의 입을 통해 후나미 이야기를 듣기도 했다.

뭐, 실은 후나미와 카스카베가 친하게 지낸다는 것을 전제로 하고, 카스카베가 토이로에게 관심이 있다느니 토이로를 노린다느니 하는 문제성 있는 이야기만 실컷 듣고 있지만.

그래서 오늘 후나미가 나를 왜 불러냈는지, 나는 그 이유가 궁금했다.

순순히 여기까지 온 것은 '후나미가 무엇을 하려고 하는
지 확인해두고 싶다'는 이유 때문이기도 했다.

 내가 후나미와 1m쯤 떨어진 곳에서 멈춰 서자, 후나미
가 다시 입을 열었다.

 "와줘서 고마워."

 "안 오면 큰일 날 거라고 했으니까."

 내 대답에 후나미가 쿡쿡 웃었다. 그 웃는 얼굴을 보자
조금이나마 내 몸의 긴장이 풀리는 것 같았다.

 "참고로, 내가 안 오면 어쩌려고 했어?"

 "그건 네가 먼저 내 이야기를 끝까지 들어주면 그다음에
가르쳐줄게."

 아무래도 아직 날 놓아줄 마음이 없나 보다.

 "무슨 이야기인데?"

 내가 조심스럽게 물어보자, 후나미가 내 얼굴을 가만히
쳐다봤다. 또다시 심장이 좀 크게 뛰면서 몸이 긴장으로
굳어버렸다.

 항상 토이로 그룹의 친구들과 어울려 신나게 노는 이미
지가 있었는데, 이렇게 단둘이 만나 보니까 후나미는 무척
차분했다. 같은 나이일 텐데도 그 성숙한 외모까지 더해져
서 몇 살이나 더 나이가 많은 어른처럼 보였다.

 하지만 그런 그녀의 눈동자가 딱 한순간 불안하게 흔들
렸다. 헉 하고 숨을 들이켰다.

"……넌 어때?"

"……어떠냐니, 뭐가?"

나는 살짝 미간을 찌푸렸다.

"……넌 토이로의 남자 친구야?"

아하. 이해했다.

"그야 물론이지."

"정말로?"

"응."

후나미는 한동안 똑바로 내 눈을 들여다봤다. 그러다 이윽고.

"——다행이다."

그렇게 말하더니 한숨을 푹 내쉬었다. 몸에서 힘이 빠진 것처럼 흐물흐물해지는 것이 내가 봐도 알 수 있을 정도였다.

그런 후나미 앞에서 나도 몰래 안도의 한숨을 쉬었다. 다행이다. 후나미의 강한 눈빛을 보고 혹시나 상대가 모든 것을 간파해버릴지도 모른다고 생각했는데, 어떻게든 위기를 넘긴 것 같았다.

네, 남자 친구입니다(임시).

……간담이 서늘해지는구나.

"혹시 마유코가 이러니저러니 떠들어대서 그런 거야? 점을 봤더니 '사귀는 상대의 그림자가 보이지 않는다'는 걸

과가 나왔다느니 뭐라느니 하는 이야기 말이야."

내가 그렇게 물어보자 후나미는 고개를 끄덕거렸다.

"그래, 맞아! 그 이야기를 듣고 걱정이 돼서 그랬어."

진짜로 토이로의 남자 친구냐는 질문을 받자마자 이 이야기란 것을 눈치챘다. 아르바이트 여행 도중의 어느 날 밤에 나카소네가 대충 그런 내용을 나에게 설명해줬다.

토이로에게 남자 친구가 없다면, 현재 후나미와 같이 있는 카스카베가 토이로에게 마음을 빼앗겨버릴지도 모른다. 그래서 후나미가 불안해하고 있다는 내용이었다.

걱정하지 마…… 하고 상대를 배려하는 말을 해줄 수 있다면 좋을 텐데. 애초에 나는 임시 남자 친구일 뿐이다. 잘난 척 그런 말을 해줄 만한 처지도 아니었다.

고로 이 자리에서 내가 해줄 수 있는 일은 없었다.

"자, 이제 됐지? 난 가볼게."

후나미는 더 이상 나와 토이로의 관계를 추궁하진 않을 것 같았다. 그것을 확인할 수 있었던 것이 가장 큰 수확이었다. 나는 안심하고 천천히 몸을 돌렸다.

후나미에게는 들리지 않았을 테지만, 아까부터 내 배에서 작게 꼬르륵 소리가 나고 있었다. 빨리 도시락을 먹고 싶었다.

"아, 잠깐만!"

그러나 즉시 상대가 나를 불러 세웠다.

"······왜?"

"아직 본론은 말하지 않았어."

알고 보니 지금까지의 이야기는 서론이었나 보다. 아니, 저기요. 이미 나는 긴장감 넘치는 대화를 하느라 정신력이 꽤 많이 소모됐는데요. ······내가 아직 여자랑 대화하는 데 익숙해지지 못해서 그런가?

한편 후나미는 이성과 대화하는 데 아무런 거부감도 없는 듯했다. 내가 약간 떫은 표정을 짓자, 후나미가 의아하다는 얼굴로 나를 쳐다봤다.

결국 나는 다시 한번 몸을 돌렸다. 후나미 앞에서 괜히 멋지게 1회전 턴을 해버렸다.

"본론이라고······?"

"응, 본론····· 아니, 실은 부탁이 있어."

"내가 해줄 수 있는 일은 거의 없을 텐데."

"아니야. 오직 너만 할 수 있는 일이야."

돌연 내 눈앞에 후나미의 머리 가마가 나타났다. 상대가 정중하게 고개를 숙인 것이다.


"이렇게 부탁할게. 제발 너랑 토이로, 두 사람이 사귀고 있다는 사실을 정확히 알려줘. 네가 토이로의 최고의 남자 친구란 사실을 증명해서, 슌이 토이로를 포기할 수 있게 해줘."

몇 번이나 나는 머릿속에서 후나미의 말을 반추해봤다.

그것은 아름답고, 성숙하며 또 이렇게 일대일로 대화할 때는 무척 차분하고 여유도 있는 후나미란 사람이, 자존심을 다 버리고 애원하는 말처럼 들렸다.

……아니, 그건 아닌가.

좀 전에 나와 대화하다가 "다행이다" 하고 안도한 나머지 몸의 힘이 쭉 빠져버렸던 후나미의 모습이 뇌리에 되살아났다.

카스카베와 얽힐 때는 후나미는 언제나 사랑에 빠진 소녀가 된다. 처음부터 체면 따위는 차리지도 않았다.

후나미가 살짝 고개를 들어 슬그머니 내 얼굴을 살펴봤다.

"너도 아는지 모르겠는데, 일단 우리 사정을 설명해줄게. 나와 슌은 서로 좋아해. 단순히 친한 정도가 아니라 정말로 서로 사랑하는 사이야. 그것은 이미 다 아는 사실이야."

"으, 응."

갑자기 상대가 사랑 선언을 시작하자, 나는 동요를 감추지 못하고 그렇게 대답해버렸다.

"그런데 슌은 마음속 한구석에서는 토이로를 의식하고 있어. 그런 소문이 나기도 했고, 나 자신도 실제로 가끔은 그것을 느낀 적도 있어. 하지만 그건 진짜 가끔이거든? 슌은 그런 속마음을 겉으로 드러내려고 하지 않아."

"아, 그 소문이라면 나도 들었어. 그래서 나와 토이로가 사이좋게 지내는 모습을 일부러 보여주기도 했는데?"

그것은 전에 교외학습을 갔을 때의 일이다. 우리가 같이 점심을 먹는 모습을 보여줌으로써, 토이로에게 접근하던 카스카베를 쫓아낸 적이 있었다.

"그건 결정타가 되지 못했어. 슌은 아직도 너희들의 관계에 대해서는 회의적이야. 기회를 노리고 있다고."

고개를 든 후나미가 복잡한 표정으로 미간을 찡그렸다.

회의적이란 말이지……. 하기야 나와 토이로라는 조합에 위화감을 느끼는 사람이 많다는 이야기는 들었다. 카스카베도 그런 사람 중 하나일 것이다. 아니면 그는 단지 토이로가 다른 남자와 사귄다는 것을 죽어도 믿기 싫은 걸지도 모른다.

"너희가 같이 있는 모습을 본 사람은 많아도, 사귄다는 사실은 주변 사람들 몇 명한테만 알려줬잖아? 그게 원인일지도 몰라."

그렇구나. 실제로 본인들의 입을 통해 그들의 관계를 듣기 전까지는 믿을 수 없다고 생각하는 사람이 많은 모양이다. 특히 구석진 곳에서 음울하게 지내는 오타쿠와, 1학년 전체에서 최고로 인기 있는 미소녀 토이로라는 조합이라면 더더욱 그럴 것이다.

"그건 즉, 어필이 부족하다는 뜻이잖아? 얼굴을 맞대고 너희의 관계를 슌에게 보여준다면, 슌도 틀림없이 토이로를 포기할 거야. 그럼 지금보다 더 나한테 푹 빠져서, 나랑 서로 사랑하는 사이가 될 테지? 최고의 해피엔딩!"

싱글싱글 웃는 후나미. 그러다 갑자기 똑바로 나를 쳐다봤다.

"게다가 슌이 토이로에게 관심을 보이는 건, 너한테 떨떠름한 상황 아니야?"

"······앗."

──떨떠름하다.

새삼스레 생각을 해봐도 역시 떨떠름하긴 했다.

머릿속에 연기가 뭉게뭉게 피어나 꽉 차 있는 것처럼 개운치 않았다.

"토이로한테는 이 이야기를 했어?"

내가 물어보자 후나미는 고개를 옆으로 흔들었다.

"아니. 안 했는데?"

하기야 먼저 토이로에게 부탁을 했다면, 나를 일부러 옥상까지 불러내진 않았을 것이다. 그런데 지금까지 제대로 대화도 안 해봤던 나한테 왜 이런 부탁을······?

"토이로하고는 이 이야기는 왠지 좀 하기가 어렵거든. 아니, 금기라고 할 정도는 아니지만. 이 화제는 피하는 것이 암묵적인 규칙이 됐다고나 할까······."

내 생각이 그대로 얼굴에 드러난 걸까. 후나미가 먼저 내

의문에 대답을 해줬다.

"하긴, 토이로랑 이 화제에 관해 이야기하기는 좀 거북하겠구나. 그래서 나한테……."

이 삼각관계는 도대체 뭘까. 이런 것은 만화나 라이트노벨에서만 봤는데. ……아니, 현실 세계에서는 남의 연애 사정이 귀에 들어오는 경우가 거의 없어서 그런 거겠지만.

아무튼 일이 상당히 복잡해진 것 같았다.

나는 후나미에게서 시선을 떼고 울타리 쪽으로 한 걸음 다가갔다.

새파란 하늘에서는 엷은 구름이 느리게 흘러가고 있었다. 시원한 바람이 산들산들 옥상을 지나갔다. 도시락을 다 먹은 녀석들이 놀기 시작했는지, 운동장 쪽에서 남자들이 신나게 떠드는 소리가 들려왔다.

"너 말고는 부탁할 사람이 없었어."

후나미가 그렇게 중얼거리는 소리가 내 귀에 닿았다.

……애초에 주변 사람들에게 우리가 커플임을 적극적으로 알리는 것이 나와 토이로의 목표였다. 특히 토이로를 귀찮은 연애 사건에 말려들게 할 것 같은 요소에 대해서는 조속히 대처할 필요가 있었다.

이것은 토이로를 위한 일이다.

나 자신의 떨떠름한 기분을 해소하고 싶다는 이유도 조금은 있을지도 모르지만…….

그리하여 후나미와 나의 이해관계는 일치하게 되었다.

"……카스카베한테, 우리가 커플이란 사실을 보여주려면 적절한 기회가 있어야 해."

그런 내 말에 후나미는 미소를 지었다.

"고마워……라고 말해도 되는 거지? 걱정하지 마. 기회는 내가 만들게."

오늘은 일단 그런 식으로 우리는 작전 회의를 마쳤다. 처음에는 일이 어찌 되려나 하고 걱정했지만 어쨌거나 의미가 있는, 언젠가는 해야 하는 대화였다는 생각이 들었다.

끝으로 나는 내내 신경 쓰였던 것을 물어봤다.

"저기, 그래서 그 '큰일'이란 것은 뭐였어? 만약에 내가 옥상에 안 왔으면 무슨 일이 생겼던 거야?"

"아, 그거? 아무 일도 없는데?"

"뭐?"

"그냥 그렇게 써놓으면 반드시 온다고 생각했거든."

그러더니 후나미는 메롱 하고 놀리듯이 혀를 살짝 내밀었다.

아, 아니, 이게 무슨…….

나는 완전히 속아서 멍청하게 여기까지 와버렸던 거야?

"아까 점심시간이 되자마자 교무실에 가서 열쇠를 빌려 왔어."

후나미가 말했다.

"열쇠? 옥상 열쇠?"

"응. 절대로 아무도 엿듣지 못하는 장소가 좋겠다고 생각했으니까."

"하기야 여기까지 오는 사람은 없지만……. 아니, 그런데 옥상 열쇠 같은 것을 생각보다 쉽게 빌려주는구나?"

만에 하나 사고가 일어날까 봐 엄중하게 출입을 금지하는 장소라고 생각했는데.

"응, 쉬웠어. 너도 알다시피 열쇠들이 주르르 걸린 열쇠 보관함이 있잖아? 거기서 태연한 얼굴로 슬쩍 꺼내 온 거야."

"그건 빌린 게 아니라 훔친 거잖아! 아니, 내가 여기 있어도 되는 거야?"

이 녀석, 지금 아무렇지도 않게 충격적인 사실을 고백했다.

선생님들이 우릴 목격한다면 틀림없이 나는 공범자 취급을 당할 것이다. 돌연 울타리 바깥의 시선이 신경 쓰여서 나는 무심코 몸을 움츠렸다.

"훔친 거 아니야. 이따가 잘 돌려놓을 건데?"

"아니, 그게 문제가 아니잖아! 들키면 틀림없이 혼날 거야."

"그럴지도 모르지~. 어느 정도 위험은 각오했어. 그러니까 반드시 네가 와줘야만 했지."

그래서 그런 엉터리를 편지에 적었다는 건가.

나는 휴 하고 한숨을 쉬었다.

"설마 내가 사기를 당하는 날이 올 줄이야……."

화가 나는 건 아니다. 다만 좀, 뭐랄까. 내가 속아서 조
마조마한 상태로 옥상까지 온 게 억울했다.

이 나이에 이렇게나 무방비하다니. 나이가 들면 아주 가
관이겠다. 내 연금이 걱정된다…….

내가 우울한 기분으로 옥상에서 나가려는 그때.

"잠깐만, 나도 물어보고 싶은 게 있어!"

그녀의 목소리가 내 등을 향해 날아왔다. 나는 다시 걸
음을 멈추고 뒤를 돌아봤다.

"또 뭔데?"

"저기, 너는 어떤 식으로 고백했어? 어떻게 그렇게 잘난
토이로를 공략한 거냐고."

크읏. 못 들은 척하고 돌아갈 걸 그랬다. 또 성가신 질문
이 튀어나왔잖아…….

"아니, 그걸 어떻게 설명해……."

실은 처음부터 사귀지도 않는 사이였다. 그러니 대답할
방법이 없었다.

"으음, 아, 그럼, 고백 대사라도 가르쳐줘. 즉석에서 생각
해낸 거야? 아니면 오랫동안 고민해서 만들어낸 대사야?"

"고백 대사라니……. 애초에 내가 고백한 것도 아닌데."

"…………."

갑자기 대화가 뚝 끊겼다. 어라? 하고 나는 후나미의 얼굴을 봤다.

후나미는 눈을 크게 뜨고 완벽하게 경악한 표정으로 이쪽을 쳐다보고 있었다.

"말도 안 돼……, 진짜로……? 토이로가, 너한테 했다고? 우와ㅡ, 알았다. 그래서 토이로가 그렇게 부끄러워하면서 말하기 싫어했던 거구나. 어떤 식으로 사귀기 시작했는지, 어디서 고백을 받았는지."

……아. 이거 말하지 않는 편이 좋았나?

처음 사귀자는 말을 꺼냈던 사람은 분명히 토이로였다. 하기야 그건 고백이라고 해야 하나, 계약이라고 해야 하나, 일종의 협력 요청 같은 것이었지만.

"내가 이 이야기를 했다는 사실은 토이로에게는 비밀로 해줘."

어쩌면 토이로가 화낼지도 모른다. 그래서 후나미를 상대로 입막음을 시도했다.

"알았어. 그런데 참 굉장하다. 그 잘난 토이로를……."

"아니, 그러는 너야말로 카스카베와 서로 사랑하는 사이라며."

화제를 바꾸고 싶어서 나는 그렇게 대꾸했다.

"그야 물론이지. 여름방학에도 거의 날마다 같이 있었는 걸. 이게 서로 사랑하는 게 아니면 뭐겠어?"

"거의 날마다……?"

그런데도 아직 사귀지 않는다고? 나는 그런 감상을 입속에서 꾹 눌러 삼켰다. 그것이 바로 후나미의 고민과 직결된 것일지도 모른다. 더구나 나와 토이로도 실제로는 사귀지도 않으면서, 장기 휴가 기간에 특별한 예정이 없는 날에는 반드시 같이 놀았으니까.

"그렇구나. 응, 그건 사랑하는 사이 맞네."

내가 그렇게 말하자 후나미는 후훗 하고 흔들리는 숨소리를 냈다.

"솔직히 말하자면, 스스로 이런 말 하기도 뭐하지만. 정말로 분위기가 좋다니까. 우리는 말이야. 나는 당연히 슌을 좋아하고, 슌도 나를 좋아해. 그것은 알아. 하지만 그런 상황에서 최후의 1cm가 좁혀지지 않는 듯한 감각이 계속 이어지고 있는 거야."

어째 이야기가 마치 연애 상담처럼 변해버렸다.

"1cm의 거리……. 그럼 좀 더 가까이 다가가는 건 어때?"

"물리적인 문제가 아니야. 마음의 거리 같은 거야. 알잖아? 너 진지하게 생각하고 있는 거 맞아?"

으, 응. 잠깐만.

근본적으로 따지자면 나한테 연애 상담을 요청한다는 것

자체가 문제였다. 경험이 전혀 없거든? 연애는 물론이고, 상담 요청을 받아본 횟수도 0이다.

"그래도 너는 걔가 좋아?"

대답이 궁해진 나는 그렇게 물어봤다. 그러자 후나미는 고개를 힘차게 끄덕였다.

"당연하지. 설마 내 마음을 의심하는 거야? 지금 당장 슌이의 좋은 점이 뭐가 있는지, 그의 이름으로 5행시라도 지어줄까? 5행시뿐만 아니라 6행시, 7행시, 8행시, 9행시도."

"아뇨, 그러실 필요는 없습니다⋯⋯."

걔를 '슌이'라고 부르는 거야⋯⋯?

"카: 카메라로 담아내지 못할 정도로 잘생긴 외모! 스: 스타일 좋게 쭉 뻗은 다리! 카: 카리스마 넘치는 노래 실력!"

"야, 네 마음대로 시작하지 마! 다 하려면 몇 분이나 걸리는데?!"

카스카베에 대한 후나미의 마음은 이미 충분히 알았으니까 그만해!

"저기, 뭔가 나한테 조언해줄 것은 없어? 토이로를 사로잡은 필살――필공의 기술 같은 건 없냐고."

내 스톱 요청에 응해서 5행시를 중단한 후나미는 그렇게 나에게 물어봤다.

"필공이라니, 그게 뭐야. 필수 공부?"

"무슨 소리야? 당연히 '기필코 상대를 공략하는' 거지.

필살기라고 하면 죽이는 거잖아."

그렇게 기묘한 신조어를 피로하셔도 저는 당신에게 가르쳐줄 것이 하나도 없는데요. 내가 "아—, 어—" 하고 대답을 못 하고 있으니까 후나미는 한숨을 푹 내쉬었다.

"어휴. 상대가 토이로만 아니었어도. 그 녀석을 제거해버리면 금방 끝났을 텐데."

"야, 잠깐만. 그건 사이코패스의 사고방식이잖아?"

"농담이야, 농담."

그러더니 후나미는 충분히 미인이라고 할 만한 단정한 얼굴로 후후훗 하고 입꼬리를 끌어 올리며 위험한 미소를 지었다. 맙소사, 농담처럼 들리지 않아.

"그, 그렇게 살벌한 짓은 하지 말자……."

그래도 후나미는 토이로를 진짜 친구라고 생각해주기는 하는 것 같았다. 그것은 지금까지 대화하면서도 몇 번이나 느꼈다.

"아무튼 내가 할 수 있는 일이 있다면 협력은 할게."

나와 토이로를 위해서라도.

후나미는 다시 한번 공손히 고개를 숙였다.

"응. 잘 부탁할게요."

그리고 고개를 들더니 어쩐지 허망해 보이면서도 아름다운 미소를 지었다.

"미안해. 너를 오래 붙잡아놔서. 슬슬 교실에 돌아가지 않으면 안 되겠네."

후나미의 그 말에 나는 퍼뜩 정신을 차렸다. 허둥지둥 스마트폰을 꺼내 화면의 시계를 확인하려고 했을 때.

무정하게도 점심시간 종료 5분 전을 알리는 예비 종소리가 교내에 울려 퍼졌다.

아니, 잠깐만, 잠깐 기다려봐. 난 아직 도시락을 못 먹었는데——.

아무래도 후나미의 함정은 내가 순순히 명령에 따르더라도 큰일이 나게끔 설계되어 있었나 보다.

점심시간에 제대로 쉬지 못한 날 방과 후.

"——뭐, 대충 그런 일이 있었어."

나는 후나미와 나 사이에 있었던 일을 차근차근 토이로에게 설명해주고 있었다.

후나미는 나한테 입막음을 시키지도 않았고, 또 카스카베한테 우리가 커플이란 것을 보여주는 작전에는 토이로의 협력도 필요했다.

아니, 애초에 토이로에게 뭔가를 숨기는 것은 왠지 양심에 찔리기도 하고…….

단, '토이로가 나한테 고백했다'는 식으로 이야기를 해버렸단 사실은 당연히 비밀로 했다.

"흐음. 마사이치는 오늘 정오 무렵에 애인이 아닌 여자와 밀회를 했단 말이지. 좋아, 메모해둬야겠다."

"야. 내 이야기 들었어? 난 협박을 당했거든?"

"바람피울 거면 절대로 들키지나 마, 알았지?! 여자 친구를 슬프게 해놓고선, 자기 혼자만 뭔가를 숨긴다는 죄책감에서 벗어나다니. 넌 정말 못됐구나?! 흑흑, 훌쩍훌쩍."

"질투하는 여자 친구 작업은 그만해!"

과장된 말투로 떠들어대면서 우는 척을 하는 토이로에게 나는 비판을 가했다. 그러자 토이로는 표정을 싹 바꾸더니 "으하하" 하고 재미있다는 듯이 웃었다.

"사귄 지 8년이 되어서 슬슬 결혼 이야기도 나오고 있는 시기에 남자 친구의 양다리가 발각됐다. 한동안 애써 모른 척하려고 했는데, 오늘은 도저히 외면할 수 없는 결정적인 증거가 튀어나오는 바람에 정신이 붕괴했다. 지금까지 남자 친구가 바람을 피웠던 내용은 전부 다 일기에 적어놨으니까, 싸울 준비는 완벽하게 되어 있다. 그런 여자 친구 작업이야."

"아니, 설정이 지나치게 복잡한데요."

"그나저나 카에데가 그런 말을 하다니……."

"이야기를 되돌리는 방식이 너무 억지스럽잖아?!"

우리는 통학로 중간에 있는 자연공원의 벤치에 나란히 앉아 있었다. 하늘에는 슬슬 석양의 붉은빛이 엷게 번지고 있었다.

어린 시절부터 자주 다녔던 이 공원을 우리는 '평소의 공원'이라고 불렀다. 이 평소의 공원에서 산책로를 따라 좀 걸어가면, 나와 토이로가 임시 커플이 됐던 장소인 그때 그 하천 쪽으로 연결된다.

"나 참……. 그래서 결국 도시락은 5교시 쉬는 시간에 먹었다니까."

'쟤는 왜 지금 밥을 먹고 있어?'라는 주변 사람들의 시선이 나 같은 아싸에게는 상당히 괴롭게 느껴졌었다.

그런 나의 투덜거림을 듣더니.

"고생했네. 마사이치. 노력한 너를 칭찬해줄게."

그러면서 토이로가 이쪽으로 손을 내밀었다.

얘가 뭐 하려는 거지? 하고 생각했는데——툭툭 하고 부드럽게 내 머리를 쓰다듬어줬다.

"옳지, 잘했다. 열심히 했구나?"

——어, 뭐야, 자, 잠깐만.

갑작스러운 사태에 깜짝 놀랐다. 누가 내 머리카락을 만진다는 낯선 감각에 당황한 나는 꼼짝도 못 하게 되었다.

그런데 또 한편으로는 왠지 신기하게도 뭔가 보상받은 듯한 기분도 들었다.

"게다가 마지막에는 감쪽같이 속아 넘어가기도 했지?"

토이로가 그렇게 말을 이었다.

"어휴, 그러게. 내가 아닌 다른 사람이었으면 벌써 인간 불신이 됐을걸?"

어린 시절에 부모님과 함께 자전거 타는 연습을 했을 때 나는 "잡고 있어, 잡고 있다니까~"라는 말을 믿고 주행하다가 멋지게 넘어지고 말았다. 고개를 휙 돌려 뒤를 봤더니, 자전거 짐받이를 잡고 도와주고 있어야 할 부모님의 모습이 놀랍게도 저 먼 곳에 있었다. "애야——, 괜찮니——?"

하고 손을 흔들고 있었다.

처음으로 육친에게 배신당한 경험 때문에 진짜로 인간 불신이 될 뻔했다.

그때의 경험이 틀림없이 나를 강하게 만들어줬을 것이다. ……아마도.

"그러고 보니 마사이치, 카에데는 '후나미'라고 부르는구나?"

토이로가 내 머리카락에서 손을 떼고 그런 질문을 던졌다. 머리가 약간 허전해진 것을 느끼면서 나는 씁쓸한 과거의 기억에서 현실로 돌아왔다.

"응? 아, 호칭 말이야? 뭐가 이상해?"

"아니, 그냥 좀 신기해서. 마유는 '마유코'라고 하잖아?"

"아, 응, 그러네."

의식해본 적은 없지만, 토이로의 친구인 마유코는 내 마음속에서도 자연스럽게 마유코라고 부르고 있었다.

토이로는 나와 이야기할 때도 보통 자기 친구는 성 대신 이름으로 부른다. 그래서 나한테도 그런 이름이 좀 더 익숙했다. 그 이름과 그들의 성이 일치하게 된 것은, 입학한 지 몇 달이나 지난 후였다. 그런데 나카소네나 후나미를 편하게 이름으로 부른다는 것은 저항감이 느껴진다고나 할까. 뭔가 어려운 기분이 들었다.

징그러워, 왜 친한 척을 해? 하고 이쪽을 사납게 노려보는 나카소네.

너랑 그렇게까지 친해졌던 기억은 없는데……? 하고 약간 질린 것처럼 말하는 후나미.

그런 광경이 뇌리에 떠올랐다.

한편 마유코는 편하게 이름을 불러도 저항감이 느껴지지 않는 분위기가 있었다.

아, 뭐야~ 뜬금없이 왜 그래? 우리 이제 절친이야~? 하고 가볍게 허락해줄 것 같았다.

"……그거야 뭐, 마유코니까."

잠시 생각해보고 나서 나는 그렇게 간단히 대답했다. 이런 무성의한 대답으로도 뭔가 전해지는 것은 있었는지, 토이로가 "아—" 하고 납득한 것처럼 소리를 냈다.

"하긴, 그래. 마유는 마유니까."

결론. 여러분, 우리 모두 마유코는 마유코라고 부릅시다. 아마 본인도 기뻐할 겁니다.

"아무튼 그런 식으로 부탁을 받는데. ……저기, 너 혹시 카스카베랑 무슨 일이라도 있었어? 카스카베가 너를 좋아하는 것 같은데."

다시 본론으로 돌아가 나는 궁금했던 것을 물어봤다.

토이로는 놀이기구에서 노는 아이들을 보고 흐뭇하게 웃으면서 "으음—" 하고 말꼬리를 길게 늘였다.

"그게 말이지. 아무 일도 없었어. 하지만 아무 일 없었어도 그런 감정은 저절로 생겨날 수 있거든? 그러면 일방통행인 슬픈 짝사랑이 되는 거지만."

그것은 그동안, 마치 교통사고를 당하는 것처럼 연애 사건에 휘말려왔던 토이로이기 때문에 직접 몸으로 체감하고 있는 것이리라.

……정말로 아무 일 없다면 다행이긴 한데.

"물론 카에데의 의뢰에는 나도 협력할 거야. 나도 빨리 이 문제를 해결하고 싶거든."

"후나미가 기회를 만들어준다고 했어. 어떻게든 해결할 수 있으면 좋을 텐데……."

"응, 그러게. 그 기회인지 뭔지가 오기 전까지도 우리는 열심히 연인 작업을 계속해야지, 안 그래?"

"아, 응. 그래."

일단 앞으로의 행동 방침은 정해진 건가.

그런데 나는 또 하나 마음에 걸리는 점이 있었다.

"저기, 좀 궁금한 것이 있는데. 후나미와 카스카베의 관계 말이야. 그 두 사람은 대체……."

내 말에 토이로는 또다시 "으음" 하고 고민하는 소리를 냈다.

"어쨌든 사이는 좋아. 기본적으로 둘이 같이 행동하고, 단둘이 있을 때는 진짜 커플 같아. 하지만 실제로는 아직 사귀지 않아서……."

"사귀기 직전 같은 분위기야?"

"아니, 글쎄, 그쪽 사정이 어떤지는……. 아무튼 카에데가 카스카베를 좋아하는 것은 사실이야. 정말 너무너무 좋아한다는 것이 느껴지거든."

"아, 아까 내가 이야기를 했을 때도, 후나미는 카스카베의 좋은 점을 그 녀석의 이름에 맞춰 5행시로 말해주려고 했었어."

"네 앞에서 그랬다고?! 세상에. 아, 하지만 카스카베 사랑 모드에 들어간 카에데라면 그럴 수도 있지……."

역시 후나미는 카스카베랑 얽히기만 하면 성격이 바뀌는 모양이다.

"정말로 좋아하나 보네."

내가 그런 말을 중얼거렸을 때였다.

"마, 마음이 착하고 똑똑해. 조, 조은 사람…… 아니, 조금만 같이 있어도 금방 즐거워진다? 노……."

옆에서 그렇게 이름으로 시를 짓는 소리가 조그맣게 들려왔다.

"……그건 내 이름으로 짓는 7행시야?"

토이로가 헉 하고 놀란 표정으로 나를 쳐다봤다.

"내, 내가 지금, 무슨 말을 했어?"

"응, 방금 이름으로 시 짓는 소리가 들렸는데."

내가 그렇게 말하자 토이로는 당황한 것처럼 양손을 자

기 몸 앞으로 들어 올리고 파닥파닥 흔들었다.

"아, 아니, 그냥 살짝 생각만 해본 거야. 여자 친구로서. 언제든지 술술 대답할 수 있도록. 마, 마피아보다는 착하고 똑똑해. 조, 조폭보다는 좋은 녀석."

"잠깐만, 칭찬받는 느낌이 안 드는데?!"

아까 들었던 7행시에서는 '마피아'나 '조폭' 같은 말은 없었던 것 같은데…….

토이로가 분위기를 바꾸려는 것처럼 어험 하고 헛기침을 했다.

"어쨌든 카스카베도 카에데를 좋아한다고 생각은 하는데. 걔랑 이야기해본 적은 거의 없어서 실제로는 어떤지 잘 모르겠어. 걔는 여자를 밝혀서 딱 하나 정해진 여자 친구를 만들고 싶어 하지 않는다는 소문도 들었지만, 글쎄, 그건 어떨까……. 거기에 나도 관련된 거라면 왠지 좀 거북하고, 카에데도 그런 종류의 이야기는 안 하거든."

어쩌면 카에데는 우리 같은 친구들에게 그 이야기를 털어놓고 투덜거리고 싶어 할지도 모르지만……이라고 토이로는 말을 덧붙였다.

후나미도 나에게 같은 이야기를 했었다. 역시 토이로 그룹에서는 이 이야기에 관해서는 암묵적인 약속이 존재하는 듯했다.

겉으로만 보면 완전히 커플인데, 실제로는 아직 사귀는

사이가 아니다. 확실히 그런 측면에서는 그것은 나랑 토이로의 임시 커플 관계와 마찬가지였다.

그런데 일단 형태는 임시 커플이어도, 과연 그 안쪽에 있는 진짜 두 사람의 관계는 어떤 것일까.

카스카베의 진짜 속마음은 무엇일까?

조금이나마 이야기를 들었기 때문인지, 아니면 임시라는 처지가 비슷하기 때문인지는 몰라도 나는 그 두 사람이 신경 쓰였다.

"좀 알아보고 싶은데."

"그 두 사람을? 응, 그래. 나도 계속 신경 쓰였으니까 찬성할게. 하지만 억지로 깊이 파고들지는 말고, 그냥 가능한 범위 내에서만."

"그래."

내가 동의하자, 토이로가 "으응" 소리를 내면서 기지개를 켰다.

"자— 이제 작전 회의는 끝이야! 어때, 좀 걸을래?"

그러더니 힘차게 벌떡 벤치에서 일어났다.

"걷자고?"

나는 고개를 갸웃거렸다.

"산책하자고, 산책. 여름 끝 무렵의 운치 있는 저녁 풍경을 즐기는 연인들의 작업이야."

"이제는 뭐든지 '작업'이란 말만 붙이면 된다고 생각하는 거 아냐?"

그렇게 말하면서 나도 자리에서 일어나 그 뒤를 쫓아갔다.

"그런데 네가 산책을 한다고? 별일이네……. 뭔가 꿍꿍이가 있는 거지?"

"윽, 역시 마사이치 씨, 굉장하십니다. 날카로운 지적이야. 실은 저기 공원 바깥쪽에 이동식 붕어빵 트럭이 와 있거든. 말하자면 이것은 식욕의 계절 가을에 저항하지 못한 연인들의 작업이야."

"진짜 아무거나 다 하는구나!"

이제는 연인 작업도 뭣도 아니게 되었다.

"됐으니까 가자! 이러다 붕어빵이 헤엄쳐서 도망갈 거야!"

"그놈들은 트럭을 타고 이동하는 거잖아……?"

내가 그렇게 한마디 쏘아붙이고 있는데 토이로가 내 손을 확 잡아끌었다. 손을 잡았다고 가슴이 두근거릴 새도 없이 그대로 붕어빵 가게로 끌려갔다.

나는 걸으면서 문득 생각했다.

지금 나는 '우리가 임시 커플이다'란 사실은 의식하지 않는다. 그저 즐겁게 둘이서 잘 지내고 있을 뿐이다.

후나미도 그런 걸까.

형태가 어떻든지 간에 이렇게 토이로와 함께 지내는 시간은, 한없이 진짜 커플의 시간에 가까워진 듯한 느낌이 들었다.

☆

옛날부터 뭔가를 깊이 생각하는 장소는 언제나 목욕탕이었다. 아니, 일부러 하는 게 아니라 저절로 그렇게 되었다. 따뜻한 목욕물에 몸을 담그고 멍—하니 있을 때는, 지금 내가 신경 쓰거나 고민하는 문제가 절로 머릿속에 떠올랐다. 멍한 머리로 이것저것 생각하다가 너무 오래 목욕탕에 있어서 현기증이 나는 경우도 종종 있었다.

그리고 오늘 내 머릿속에는——.

식욕의 계절 가을에 저항하지 못한 연인들의 작업이라니, 그게 뭐야?!

반사적으로 그런 말을 뱉었는데, 지금 생각해보니 너무 부끄러웠다. 저항해, 하라고!

……진짜 여자 친구라면 애인 앞에서 이런 말을 하지는 않을 거야——.

모락모락 피어나는 수증기에 감싸인 채 나는 막연하게 그런 생각을 하며 끙끙거렸다.

물속에서 손가락으로 배꼽 근처의 살을 꼬집어봤다. 좀 말랑했다.

……참으려고 노력해야지. 안 그러면 나태한 사람처럼 보일지도 몰라.

특히 이제부터는 기본적으로 옷이 두꺼워지는 계절이기 때문에 나도 모르게 방심할 가능성이 컸다…….

『아, 뭐야. 방에 바다코끼리 한 마리가 굴러다니는 줄 알았네.』

어쩌면 그런 말을 듣게 될지도 모른다.

농담이란 것은 알고 있고, 그런 가벼운 악담에는 이미 익숙해졌지만…… 왠지 지금 마사이치에게 그런 말을 듣는다면 그것이 좀 무겁게 내 가슴을 누를 것 같았다.

나는 과거와 현재의 그런 심경 변화를 충분히 자각하고 있었다.


여름방학. 우리에게는 풋풋함이 없고 중년 부부 같은 원숙함만 있다는 이야기를 들었을 때, 나는 마사이치와 커플다운 감정을 맛보려고 필사적으로 노력했었다.

애초에 이 관계 자체가 임시에 불과한데도…….

그리고 내 생일날 마사이치가 현재의 우리 관계를 긍정해주자, 그것이 무척 기뻤고. 그때 나는 깨닫고 말았다.

내가 이렇게까지 애써서 커플답게 지내려고 했던 것은.

내가 이렇게까지 우리 둘의 존재 방식을 인정받고 기뻐했던 것은.

내가 마사이치와, 진짜 커플이 되기를 바라기 때문이 아닐까.

깨달은 다음부터는 그 감정은 언제나 내 가슴속 깊은 곳에서 꿈틀거리며 소용돌이치고 있었다. 그리고 무슨 일이 있을 때마다 번쩍번쩍 고개를 들었다.

사소한 일로도 심장이 두근거리고 마음이 들뜨면서 몸이 달아올랐다.

본의 아니게 휘둘리는 듯한 기분이 들었지만, 자신이 거기에 몸을 맡긴 채 은근히 즐긴다는 것도 알고 있었다.

요새는 그런 신기한 감각으로 하루하루를 보내고 있었다.

"아아~, 역시 너무 흥분했다니까."

연인 작업의 연습이라면서 실내에서 격렬한 연인 작업을 그에게 시키기도 했고. 오늘도 그동안 해본 적도 없었던 머리 쓰다듬기라는 스킨십을 다짜고짜 시도하기도 했고. 그 외에도 이것저것. 최근에는 전보다 좀 더 적극적이었다.

그런 생각을 하면서 나는 저절로 흐물흐물해진 내 뺨을 꾹 하고 양손으로 눌러서 밀어 올렸다. 아마도 완전히 뚱해진 표정이 됐을 테지. 남에게 보여줄 수 없는 얼굴이다.

나는 그 이상한 표정을 유지한 채 스르르 물속으로 깊이 들어갔다.

그렇게 마음이 들뜬 상태인데도 고민거리는 있었다.

우리에게는 우리 나름의 형태가 있다. 그것은 알고 있고, 그런 마사이치와의 관계를 소중히 여기고 싶지만. 그래도 애초에 진짜 커플의 경우에는, 연인 작업이라든가 그 작업의 사전 협의란 것이 없잖아……?

커플다운 일을 할 때는 '커플다운 일을 한다는 표면적 방침'이라든가 '사전 협의' 같은 것이 우리 사이에는 존재한다.

진짜 커플은 과연 어떨까.

그동안 한 번도 남자애랑 사귀어본 적이 없어서 모르겠다. 지금은 그것이 몹시 궁금했다.

하지만 상대한테 직접 그것을 요구하여 얻어낼 용기는 아직 없어서…….

그래서 임시 관계를 이용해 그 기분을 느껴볼까? 하고 생각하기도 하는데.

──나도 참 비겁한 사람이구나.

하지만 이런 두근거림은 태어나서 처음 맛보는 것이었다.

거기까지 생각했을 때 나는 혼자 후훗 하고 웃었다.


……그나저나 난 이렇게 이것저것 생각을 하는데 마사이치는 그냥 평소랑 똑같구나.

이런 두근거림을 그 녀석도 같이 맛보게 해주고 싶은데.

"아이고, 마사이치 나리가 저를 부르시다니. 이상하다, 오늘은 오후부터 폭우가 오려나? 난감하네. 방과 후에는 옆 동네 고등학교까지 원정을 나가서, 여름에 멋지게 단련한 내 육체가 얼마나 매력적인지 시험해보면서 여자한테 헌팅 당하기까지 걸리는 시간을 측정해볼 예정이었는데."

"오, 굉장하다. 스콜이라도 퍼붓길 기대할게."

"여긴 일본이거든?!"

토이로와 같이 공원에서 붕어빵을 먹은 그다음 날 점심 시간. 나는 사루가야와 함께 식당에 와 있었다.

이번에는 용건이 있어서 그를 불렀는데……. 그러고 보니 내가 먼저 사루가야에게 뭔가를 하자고 제안한 것은 처음일지도 모른다.

사루가야는 해변 식당 아르바이트 외에도 여름방학이 끝나기 직전까지 몇 번이나 바다에 놀러 갔다고 한다. 얼굴도 팔뚝도 완전히 햇볕에 타서 구릿빛으로 변해 있었다. 10월이 되어도 여전히 그 피부를 보여주고 싶은지, 이미 다들 가을옷으로 갈아입은 지금도 그는 미련을 버리지 못하고 반소매를 입고 있었다.

"난감하네. 폭우가 쏟아지면, 그야말로 물에 젖어 섹시함이 폭발하는 남자가 완성돼버릴 텐데."

"아~ 저기, 스콜은 돌풍도 동반한대."

"돌풍? 그거 좋다. 틀림없이 여자애의 스커트를 들추는 최고의 바람이 되어줄 거야."

어째서 이 녀석은 이토록 멘탈이 튼튼한 걸까. 정말로 폭우를 맞아서 이놈의 몸과 마음이 전부 다 깨끗이 세탁되면 좋을 텐데.

나는 그렇게 반쯤 어처구니없다는 듯이 쳐다봤지만, 사루가야는 내 시선에도 아랑곳하지 않고 방금 사 온 라면 B 세트를 먹기 시작했다. 800엔에 볶음밥과 만두까지 같이 나오기 때문에 운동부 녀석들에게는 인기 있는 메뉴라고 한다.

나도 오늘 먹고 싶어서 고른 닭고기 계란덮밥을 먹으면서 슬쩍 주위를 둘러봤다.

운 좋게 식당 안쪽 자리를 차지할 수 있었다. 뒤에는 복도가 있고, 양옆 테이블에 앉아 있는 상급생 그룹은 신나게 잡담하고 있으므로 누가 우리의 대화를 엿들을 염려는 없어 보였다.

그래서 나는 사루가야를 상대로 이야기를 꺼내려고 했는데.

"아무튼 웬일이야? 마사이치 나리. 어지간히 심각한 용건인가 보네. 아, 실은 나도 너한테 하고 싶은 이야기가 있었거든. 마침 잘되긴 했는데."

"하고 싶은 이야기?"

뭐야. 또 야한 이야기인가?

내가 눈살을 찌푸리자, 사루가야는 젓가락으로 콕 찌르듯이 나를 가리켰다.

"아니 뭐, 내 이야기는 나중에 해도 되니까. 우선 네 이야기부터 해봐."

사루가야의 야한 이야기는 기본적으로 길다. 오늘은 그것 때문에 시간을 낭비할 여유가 없었다. 나는 먼저 중요한 이야기를 끝내버리려고 입을 열었다.

"카스카베 슌에 관해서, 네가 아는 것을 가르쳐주지 않을래?"

무의식중에 소리를 낮췄다. 사루가야의 눈이 약간 가늘어졌다.

"……토이로와 관계가 있는 거?"

"그것도 포함해서. 그 녀석의 연애에 관한 이야기라든가. 그 외에도 뭔가 특별한 것이 있으면 가르쳐줘."

"흠."

사루가야는 젓가락을 내려놓고 턱을 만지작거렸다.

"너와 토이로를 위해서라면 협조하고 싶은 마음은 넘치는데. 다만 아직은 이렇다 할 정보가 없다는 것이 문제야.

그동안 내가 너한테도 말했던 정보, 그러니까 카에데라는 멋진 여자애가 곁에 있는데도 토이로한테도 관심이 있는 괘씸한 놈이다, 뭐 그런 정보밖에 없어."

"그렇구나……."

쾌활하고 친근한 성격 덕분에 다른 반에도 아는 사람이 많은 사루가야라면, 뭔가 알고 있을지도 모른다고 생각했는데.

그나저나 '괘씸한 놈'이란 말인가. 후나미는 '실제로 가끔은 그것을 느낀 적도 있어'라고 말했을 뿐이지, 그 정도로 노골적인 표현을 하진 않았는데.

"마사이치 나리. 댁이 직접 물어보는 것은 어때?"

"아니, 그건 어려울 것 같아."

카스카베가 어쩐지 나를 적대시하는 것 같아서 내가 직접 물어보기는 어려웠다. 아니, 사실 우리는 서로 전혀 관계가 없으니까. 내가 말을 걸면 상대가 엄청나게 경계할 것이다.

"하긴, 그건 그래. 사생활에 관한 문제를 카스카베 본인에게 직접 가서 꼬치꼬치 캐물으라고 하면, 나도 그건 어렵다고 할 거야."

사루가야는 턱 끝을 손가락으로 잡는 동작을 되풀이하면서 말을 이었다.

"지금 해줄 수 있는 이야기는 아무것도 없어. 하지만 앞으로 정보를 수집할 수는 있지."

"어? 그럼——."

내가 무의식중에 가슴 위쪽의 상체를 탁자 위로 쑥 내밀자, 사루가야는 고개를 끄덕였다.

"시간을 좀 달라는 뜻이야."

고마웠다. 사루가야의 정보망은 상당히 믿을 만했다.

"그럼 꼭 좀 부탁할게."

내가 그렇게 말하자, 사루가야는 휴 하고 숨을 한 번 쉬었다.

"마사이치 나리. 눈에는 눈, 이에는 이야."

"……뭔데? 함무라비?"

갑자기 왜 이래? 복수라도 하려고?

"부탁에는 부탁이라는 거다. 알지?"

"아냐고? 어, 글쎄……."

나도 사루가야한테 부탁을 하는 처지니까 당연히 나도 그의 이야기를 들어봐야 할 것이다. 그런데 사루가야가 나한테 부탁을 하고 싶다고? ……왠지 무서운데.

"이, 일단, 들어보자."

내가 그렇게 대꾸하자 사루가야는 히죽 웃었다.

"나리. 이번 주 일요일에 나와 데이트해줘!"

"뭐? 자, 잠깐, 조건이 예상보다 훨씬 어렵잖아. 뭐? 너와 데이트?"

"……저기, 싫어?"

"야, 하지 마! 왜 그렇게 귀여운 척하면서 눈을 치떠? 기분 나쁘게! 안 돼, 안 돼!"

일부러 이상한 표정을 짓고 있는 사루가야한테서 나는 황급히 멀리 떨어졌다. 드드득! 하고 의자 다리가 바닥을 긁는 소리가 식당에 울려 퍼졌다.

내가 왜 하필이면 이렇게 지저분한 사내놈과 데이트를 해야 하는데? 원래 사루가야도 여자 밝히기로 정평이 난 최고의 에로 인간이 아니었나? 언제부터 취향이 바뀐 거야?

"안 된다고? 그렇구나. 그럼 마유코도 실망하겠네."

"아니, 그야 물론 진짜로, 절대로 안 되지. ……응?"

손바닥을 앞으로 쭉 내밀면서 온 힘을 다해 거부 의사를 표명하고 있었는데, 그런 내 귀에 새로운 등장인물의 이름이 날아 들어왔다.

"마유코?"

어째서 나와 사루가야의 데이트가 성사되지 못하면 마유코가 충격을 받는 건데?

설마 마유코, 실은 BL을 좋아하는 건가……?

그때 날카로운 시선이 느껴진 것 같았다. 내 몸이 부르르 떨렸다. 기, 기분 탓인가……? 나는 허둥지둥 주위를 둘러봤다.

그런 내 앞에서 사루가야가 고개를 위아래로 끄덕거리

며 말했다.

"응, 마유코. 어제 갑자기 나한테 같이 놀러 가자고 했거든."

"어? 마유코가? 너한테 같이 가자고 했다고?"

"그래. 방금 그렇게 말했잖아?"

에이, 뭐야. 괜히 지레짐작으로 이상한 상상을 해버렸잖아. 하마터면 앞으로는 교실에서 마음 편하게 사루가야와 이야기를 하지도 못하게 될 뻔했다.

"나 참. 그럼 그냥 네가 같이 가면 되잖아?"

"아니, 그게 말이지. 나도 마유코의 말을 들었을 때는 '오, 데이트 신청이야?' 하고 가볍게 승낙했는데, 그때 갑자기 마유코가 '그, 그러니까, 다른 애도 부를까? 부를 거지? 부르자, 부르자'라고 하는 거야. 결국 순수하게 같이 놀자는 거였지."

아하, 그래. 무슨 상황인지 알 것 같았다.

여름방학 아르바이트 여행 도중에. 나와 토이로의 눈앞에서 마유코는 사랑에 빠졌다. 상대는 이 사루가야란 남자. 마유코는 전혀 상상도 못 했던 남자한테 빠져버린 것이다.

그리고 아마도 마유코는 그 사랑을 성공시키려고 최선을 다해 노력하고 있는 모양이다. 용기를 내어 사루가야에게 같이 놀러 가자고 했는데, 도중에 갑자기 부끄러워져서 결국 여럿이 같이 노는 쪽으로 노선을 변경한 것이리라.

"그런 거였군."

내가 그렇게 말하자, 사루가야는 진지하게 고개를 끄덕거렸다.

"응, 그런 거지. 하지만 여기서 내가 얌전히 풀 죽어 있을 남자는 아니잖아? 내가 착각을 했던 게 분하니까, 이참에 아예 같이 노는 상대도 커플로 해서, 억지로 데이트 같은 분위기를 만들어주마!──라는 거지."

"뭐……?"

뭔가 이야기의 흐름이 바뀌었는데?

"저기, 그럼 나와 데이트해 달라는 이야기가…….."

"그래, 마사이치 나리와 토이로. 나와 마유코. 더블데이트를 하자는 거지!"

이제야 겨우 사태의 전모를 파악했다.

마유코는 사루가야와 친해지고 싶어서 부끄러움을 무릅쓰고 노력하고 있는 듯한데. 아무래도 상대는 보통이 아닌 녀석인 것 같았다.

"아까 나한테 용건이 있다고 한 이야기도 이거야?"

난 당연히 평소처럼 도움도 안 되는 에로 잡설을 들어달라고 할 줄 알았다.

"응. 그러니 네가 토이로한테 말 좀 잘해줘. 대신 카스카베 건은 내가 맡아줄게. 아, 걱정하지 마. 며칠만 있으면 무슨 정보를 얻을 수 있을 거야."

그냥 정보 좀 얻으러 왔다가 쓸데없는 일에 휘말린 느낌이다. 하지만 발등의 불을 끄려면 약간의 희생은 감수하는 수밖에 없다.

어쩐지 즐거운 표정으로 라면을 먹는 사루가야의 모습을 보면서 나는 한숨을 크게 쉬었다.

*

식당에서 나와 사루가야와 헤어진 뒤, 나는 인적이 드문 학교 건물의 바깥쪽 길로 향했다.

아니나 다를까, 예상대로 그 녀석이 나타났다.

"이미 이야기는 들었다!"

"오왓, 깜짝이야! 갑자기 튀어나오지 마."

나는 그녀가 올 줄 알면서도 깜짝 놀랐다. 설마 등 뒤에서 불쑥 나타날 줄이야.

내가 어깨를 움찔하며 뒤를 돌아보자, 그곳에는 토이로가 "이히히힛" 하고 웃으며 서 있었다.

"후후, 깜짝 놀랐지?"

"언제부터 내 뒤에 있던 거야……."

"응? 그런 거 아닌데? 저기 있는 수풀 뒤에 숨어 있었어."

내가 방금 걸어왔던 길의 옆에 있는 정원수를 손가락으

로 가리키는 토이로.

"저 수풀에 용케도 숨었네. 무슨 닌자야?"

"후후후. 이 정도는 식은 죽 먹기닌자. 별것도 아닌자."

"닌자는 말끝마다 '닌자'라고 하진 않아……. 좀 더 닌자답게 정체를 숨기라고."

내가 비판하자 토이로는 또다시 즐겁게 웃었다.

정말로 저렇게 낮은 수풀 뒤에 숨어 있었다면, 틀림없이 토이로의 몸이 조금씩 슬쩍슬쩍 보였을 것이다. 바보, 눈치를 챘어야지.

"용케 내가 이 길을 지나갈 줄 알고 숨어 있었네."

"그야 당연하죠. 나는 다 알거든요. 소중한 남자 친구에 관해서는 뭐든지 다."

쿡쿡 토이로가 팔꿈치로 내 몸을 찔렀다. 짜증 나…….

"애초에 마사이치도 내가 여기로 올 걸 생각해서 이 길로 온 거잖아?"

"응, 뭐, 그렇지."

"역시 남자 친구도 자기 여자 친구를 잘 알고 있네. 그렇지? 꾸욱꾸욱."

다시 한번 토이로의 팔꿈치가 콕콕, 내 옆구리를 공격했다.

나는 그 팔꿈치 공격을 받으면서 문득 생각했다.

식당에서 사루가야와 이야기할 때 날카로운 시선을 느

껐었다. 주위를 둘러보다가 저 멀리 있는 테이블에서 식사하고 있는 토이로의 모습을 발견했다. 오늘은 우연히 토이로 그룹도 식당에서 점심을 먹고 있었나 보다.

평소에는 교실에서 혼자 점심을 먹는 애가 왜 식당에 온 거지?── 하는 의미였을 것이다. 무슨 이야기를 하고 있는지 궁금해서 이쪽을 바라보고 있었던 것이리라. 그렇다면 토이로의 성격상 곧바로 직접 물어보러 올 것이 뻔했다. 그것을 예상한 나는 일부러 토이로가 나에게 다가오기 쉽도록 행동했다.

그런데 토이로는 내 행동을 그보다 먼저 예상했고, 내가 교실로 돌아가는 길에 앞서 기다리고 있었다.

"생각해보니 놀라운데? 우리 말이야. 호흡이 척척 맞잖아?"

나는 무심코 감탄하여 혼잣말처럼 중얼거렸다.

그러자 집요하게 나를 쿡쿡 찌르던 토이로의 팔이 딱 멈췄다.

"호흡이 맞아……?"

응? 하고 토이로 쪽을 봤더니, 토이로는 고개를 숙이고 입을 오물오물 움직이고 있었다.

"뭐야. 왜 부끄러워해?"

"부, 부끄러워하는 거 아니거든?! 와, 오늘 날씨 덥다. 요즘은 온난화가 심각하지 않아?"

토이로는 자기 몸 앞으로 손을 들어서 바쁘게 휘젓더니, 이어서 얼굴에 대고 파닥파닥 부채질하는 시늉을 했다.

"온난화는 어제오늘 시작된 것도 아니잖아……."

내가 그렇게 대꾸하자, 토이로는 "어라? 설마 내 주변만 이런가?"라고 중얼거리면서 눈동자를 이리저리 굴렸다. 너무 심하게 동요하네. 호흡이 척척 맞는다는 게 그렇게 부끄러운 말인가?

소꿉친구로서 지금까지 몇 번이고 들었을 텐데…….

최근의 기억을 더듬어보자면, 여름방학 아르바이트 도중에 우리가 핫도그를 양산했을 때 그렇게 칭찬을 받았다. 그 후 갑자기 핫도그가 먹고 싶어져서 쉬는 시간에 카운터로 사러 갔었지. 내가 카운터에 갔더니 이미 토이로가 거기서 핫도그 하나를 사고 있었다. 정말 호흡이 잘 맞는다니까.

"아, 아무튼, 본론으로 들어가자! 점심시간도 이제 곧 끝나잖아?!"

토이로가 이 분위기를 적당히 바꿔보고 싶은지 힘차게 그런 말을 꺼냈다.

하긴, 그건 그래. 나도 다시 그쪽으로 생각의 방향을 돌렸다.

"저기, 그런데 네가 방금 말했잖아? '이야기는 들었다'고. 너 그렇게 가까이 왔었어?"

그러고 보니 전에도 비슷한 대사를 읊으면서 등장한 적이 있었지.

"식당 자판기로 갈 때. '토이로'란 이름이 들렸어."

눈치채지 못했다. 그러고 보니 식당 안쪽에는 동전 하나 가격으로 음료수 한 잔을 판매하는 자판기가 설치되어 있었다. 나도 모르는 사이에 토이로는 내 등 뒤를 통과해 이동했던 모양이다.

아니, 잠깐만.

"뭐야, 그럼 네 이름이 나온 부분만 들었다는 거잖아?"

"그렇지! 하지만 나한테 볼일이 생겼다는 건 알았어."

끄응……. 왠지 상대가 나보다 한 수 위인 것 같아서 좀 분하군.

"그래서, 뭔데? 사루가야랑 그렇게 진지하게 무슨 이야기를 했던 거야?"

나는 사루가야한테 부탁받은 더블데이트 이야기를 토이로에게 해줬다. 이야기를 들은 토이로는 "오―" 하고 감탄을 흘렸다.

"마유는 그런 이야기는 하나도 안 했는데. 그런 일이…….'

"여자 그룹에는 아직 이야기 안 한 모양이네. 이미 다 이야기한 줄 알았어."

"금시초문이야, 금시초문. 뭐, 마유는 그럴 수도 있지. 자기 일에 관해서는 부끄럼쟁이니까."

언제나 활발하고 특히 연애 이야기가 나오면 유난히 의욕이 넘치는 것처럼 보였는데, 알고 보니 남의 연애에 관해서만 그런가 보다. 그건 몰랐네. 나와 토이로의 관계도 그렇게 가만히 내버려 두면 좋을 텐데.

형형하게 빛나는 눈으로 우리를 감시하는 마유코의 모습을 떠올렸다.

"……흠, 마유도 노력하고 있다는 건가."

토이로가 그렇게 중얼거렸다.

"마유'도'?"

"아~, 마사이치, 너무 깐깐한 남자는 매력 없거든?"

토이로가 그렇게 말하더니 또다시 팔로 나를 꾸욱꾸욱 찔렀다.

그때 점심시간이 끝나기 전의 예비 종이 울렸다.

우리는 시선을 교환하고 함께 교실을 향해 걷기 시작했다.

결국 어제도 오늘도 점심시간에 쉬지 못했구나…….

"더블데이트 말인데, 나는 좋아. 마유를 도와주고 싶어. 다른 친구들까지 다 데려가서 노는 것보다, 딱 넷이서만 노는 게 두 사람이 좀 더 쉽게 가까워질 것 같아. ……아, 그런데 마사이치. 넌 괜찮아? 네 휴일을 바쳐야 하는데."

"괜찮아. 그럼 사루가야한테 좋다고 전해둘게."

이 일은 나와 사루가야의 사정에 토이로를 멋대로 끌어들인 거다. 당사자인 나는 당연히 가야 한다. 와~ 더블데이트, 정말 기대된다…….

뭐, 마침 마유코의 사랑의 행방이 다소 궁금하기도 했고.

"이번 주는 토요일에 애니메이션을 비롯한 과제를 미리 해치우자."

내가 그렇게 말하자, 토이로가 "그래!"라고 대답했다.

☆

교실로 돌아가는 길.

마사이치 옆에서 나란히 걸으면서 나는 속으로 생각했다.

──마유와 함께라면 이번에도 또 연인 작업을 해야겠네. 패블러스 님의 점술 결과의 의혹은 사라졌다고 해도, 그 애는 연애에 관해서는 사소한 부분까지 날카롭게 지적하는 편이니까.

응, 그래.

어쩔 수 없지.

더블데이트에서는 좀 더 연인답게 행동하지 않으면 안 되겠네.

이것은 틀림없이 마사이치의 가슴을 두근거리게 할 기회야──.

일요일.

그야말로 외출하기 딱 좋은 날씨였다. 늦더위가 끈질기게 살아남아서 낮에는 점점 기온이 올라갈 거라고 했다.

"있잖아, 마사이치! 이번 주 Sunday는 Sun이 대박이래. 어때?"

"……뭐야? 사람을 불러놓고 수준 낮은 개그를 선보이다니."

"좀 더 정진하겠습니다."

그런 이야기를 나누면서 우리 두 사람은 역으로 향했다.

집합 장소는 역 앞의 로터리 광장이었다. 거기서 버스를 타고 갈 예정이었다.

구름 한 점 없는 새파란 하늘과 더없이 깨끗한 아침 공기. 기본적으로 아침에는 기운이 없는 토이로도 오늘은 왠지 컨디션이 좋아 보였다. ……개그 센스는 영 좋지 않았지만.

나는 뒤에서 달려온 소형 트럭을 보고 입을 열었다.

"트럭을 타고 가면 편하겠다. 올라이트 럭키일 텐데—."

"아니, 트럭을 타면 편하진 않을걸?"

"그거 말고 나의 썰렁한 개그에 주목해줘."

나의 눈물 어린 호소에 토이로는 "아하하" 하고 웃었다. 너 방금 일부러 핵심은 피해서 지적한 거구나? 나 참, 상당히 자신 있는 작품이었는데…….

그런 대화를 나누는 사이에 역 건물의 지붕이 보이기 시작했다.

오늘은 사루가야, 마유코와 함께 더블데이트하는 날이다.

그래서 기합을 넣은 걸까? 토이로는 1군 패션이었다. 아랫단에 슬릿이 들어간 레이온 원단의 갈색 바지, 그리고 헐렁한 흰색 롱 티셔츠. 그 위에 딱 붙는 스포티한 슬링백을 메서 상반신이 날씬해 보이게 했다. 진갈색 머리카락은 뒤쪽을 두 개로 귀엽게 묶어서 은근히 양 갈래머리처럼 연출했다. 훤히 드러난 귀에서는 작은 꽃 모양 귀걸이가 빛나고 있었다.

한편 나도 토이로가 골라준 옷을 몸에 걸치고 있었다. 색깔이 연하고 좀 낙낙한 청바지와 흰색 셔츠, 얇은 남색 나일론 재킷.

그리고 신발은 내가 토이로의 생일날 선물해줬던 커플 운동화를 우리 둘 다 신고 있었다.

……역시 기합이 들어갔구나.

그나저나 내가 더블데이트 같은 사건에 휘말리는 날이 올 줄이야.

본디 나는 데이트라는 것 자체를 아직도 정확히 알지 못했다. 토이로와 쇼핑몰 같은 곳에 가본 적은 있지만, 그것은 그냥 평소에 노는 것과 비슷한 느낌이었고……. 그런데 오늘은 데이트를 더블로 수행한다고 한다. 두 배였다. 그런다고 뭐가 달라지는지는 알 수 없지만, 어쨌든 여기서 문제는 우리 네 사람 중 누구도 실제 연인은 아니란 것이었다. ……이걸 데이트라고 해도 되는 걸까?

커플끼리 교류하면서 사이좋게 논다. 그런 일반적인 더블데이트라고 불릴 만한 이벤트와는 사정이 달랐다. 형식적으로는 단지 같은 반의 남녀 친구들이 모여서 노는 것에 불과했다. ……단순히 노는 거구나.

단, 그 안에는 다양한 생각들이 꽉 들어차 있어서——.

나는 걸으면서 무의식중에 그런 생각을 하고 있었다.

그런데 내가 입고 있는 나일론 재킷이 뭔가에 닿아 부스럭거리는 소리를 냈다.

깜짝 놀라 그쪽을 봤더니, 토이로가 이유도 없이 나한테 가까이 다가와 있었다.

"……왜 그래?"

내가 물어봤다.

"응? 아, 예행 연습이야."

토이로는 걸으면서 아주 자연스럽게 그런 식으로 대꾸했다.

"예행이라니, 무슨 예행?"

"응—? 그거야 뻔하잖아? 연인 작업이지."

그러더니 더 가까이 나에게 어깨를 가져다 대는 토이로.

"상대는 마유잖아? 아무리 조심해도 부족할 정도야. 미리 연습을 해둬야지. 응, 맞아."

마지막에는 신기하게도 자기 자신을 납득시키려는 것처럼 그렇게 수긍을 하더니, 계속 내 옆자리를 지키고 있었다.

하기야 마유코가 우리를 임시 커플이라고 의심한다면 상당히 골치 아파진다는 것은 나도 알고 있지만. 그래도 연습까지 할 필요가 있을까? 이대로 둘이 딱 붙어서 역까지 가자고?

"아침부터 끈적끈적하게 노는 놈들이 있구나~ 하고 우리를 흘겨보는 통행인들의 시선이 팍팍 꽂히고 있는데……."

내가 그렇게 중얼거리자.

"어때, 우리 커플처럼 보일까?"

토이로가 그런 질문을 나에게 던졌다.

"뭐, 그렇게 보이겠지. 100%. 남자들의 시선에서 나를 부러워하는, 아니, 조금만 수틀리면 나를 저주할 것 같은 뭔가가 느껴지니까."

나는 솔직한 감상을 이야기했다. 그러자 토이로는.

"……그렇구나. 응, 그래, 그런가."

왠지 묘하게 히죽히죽 웃는 표정으로 내 얼굴을 들여다 봤다. 마치 기뻐하는 것처럼 더 강하게 자기 어깨를 나한테 갖다 붙였다. 대체 왜 이래…….

특수한 형태의 더블데이트, 적극적으로 실행해야 하는 연인 작업.

오늘 하루가 과연 어떻게 될지, 나로서는 전혀 상상할 수 없었다.

*

역 앞에는 이미 사루가야와 마유코가 모여 있었다.

"애들아ー, 여기야, 여기ー."

우리의 모습을 발견하고 폴짝폴짝 뛰면서 손을 흔드는 마유코. 밀크티 색깔의 양 갈래머리도 팔랑팔랑 튀어 올랐다.

내 옆에서 토이로가 몸을 쭉 펴면서 똑같이 손을 흔들었다. 그 후 종종걸음으로 그쪽으로 다가갔다.

"미안~, 오래 기다렸지?"

"그야 당연히 기다렸지. 앗, 토이롱, 양 갈래머리잖아!"

"응! 약속대로 너랑 같은 스타일로 하고 왔어!"

두 사람은 서로 가까이 다가가더니 ""좋아, 건배ー!"" 하고 자기들의 양 갈래머리를 가볍게 부딪쳤다. 저게 뭐야.

"어휴, 마사이치 나리. 오늘은 이렇게 불러내서 미안해.

고맙다."

즐겁게 장난치고 있는 여자들의 모습을 내가 바라보고 있는데, 내 옆에 사루가야가 나란히 서서 나에게 말을 걸었다.

"아냐, 됐어. 토이로도 신이 났는걸."

"그래? 그럼 다행이고. 우리도 지지 말고 신나게 놀아보자. 어, 여기서 우리가 서로 부딪칠 만한 것은……."

"아니, 그런 것까지 흉내 낼 필요는 없잖아? 그리고 왜 나의 하반신을 보는 거야?"

기분 나쁘니까 그만해.

"그런데 나리, 오늘은 꽤 멋지게 차려입으셨네? 그건 토이로가 고른 거야?"

"어, 응. 그러는 너도——."

나는 그렇게 대답하면서 사루가야의 온몸을 힐끔 봤다.

몸에 딱 맞는 녹색 폴로셔츠와 인디고 청바지를 입고, 발에는 캔버스 운동화를 신고 있었다. 그리고 머리 앞쪽에는 선글라스도 올려놓고 있었다.

내 친구 중에 선글라스를 쓰는 놈이 있을 줄이야……. 나는 그렇게 엉뚱한 감동을 하고 말았다.

굉장히 어른스러운 패션이었다. 그것이 이 녀석의 체격, 얼굴, 분위기와 절묘한 조화를 이루고 있었다.

"옷이 잘 어울리네."

내가 그렇게 말하자 사루가야는 "오, 땡큐" 하고 활짝 웃었다. 으응…… 도대체 뭘까, 이 쓸모없는 청량감은. 정말로 왜 이렇게 상쾌한 남자가 내 친구인 걸까. ……이 녀석도 영혼은 오타쿠이기 때문이겠지만.

"그럼 이제 다 모였으니까 출발하자."

마유코가 밝은 목소리로 크게 말했다. 나는 그쪽으로 시선을 돌렸다.

소매에 프릴이 달린 귀여운 흰색 블라우스에 헐렁한 멜빵바지를 매치시킨 좀 얌전한 캐주얼 룩. 어깨에는 작은 가방을 메고 있었다. 전체적으로 활발한 소년 같은 이미지를 연출하면서도 군데군데 여자다움을 멋지게 반영시킨 패션. 정말로 마유코다운 복장이었다.

"어라? 마조놋치, 왜 그래?"

자기를 쳐다보는 내 시선을 눈치챘는지 마유코가 고개를 살짝 갸우뚱했다.

"아, 아니, 그냥."

나는 허둥지둥 고개를 옆으로 흔들면서 시선을 피했다. 그러자 사루가야가 나서서.

"나리는 마유코의 귀여운 사복 차림을 보고 반해버린 것 같아."

히죽히죽 웃으며 쓸데없는 말을 했다.

──이봐, 너 지금 무슨 말을 하는 거야?!

내가 소리 내어 부정하려고 했을 때, 옆에서 날카롭게 푹 박히는 듯한 시선이 느껴졌다.

——사, 살기?!

황급히 그쪽을 돌아봤다. 토이로가 이쪽을 보면서 눈을 가늘게 뜨고 웃고 있었다. ……아니, 아니다. 눈동자의 깊숙한 안쪽에는 웃음기가 없었다. 가느다란 틈새를 통해 심오한 빛깔을 띤 눈동자가 진지하게 나를 응시하고 있었다.

"마사이치? 여자 친구 앞에서, 잘도 그런 짓을 하는구나."

저기요, 토이로 씨? 그건 평소에도 종종 하시던 '질투하는 연인 작업'이지요?

나는 도움을 청하는 것처럼 이 사건의 발단인 마유코에게 시선을 돌렸다.

그 녀석은 흐물흐물 녹아내리고 있었다.

양손으로 뺨을 감싼 채 혼자 몸부림이라도 치는 것처럼 상반신을 꾸물꾸물 움직이는 중이었다.

"귀, 귀엽다니…… 어휴, 우우웃."

토이로도 그런 마유코를 보고 독기가 빠진 듯한 표정으로 변했다. 나와 얼굴을 마주 봤다. 마유코의 상태가 아무리 봐도 이상했다.

사루가야한테 칭찬을 받고 부끄러워할 때는, 평소처럼 행동하지 못하는 건가……?

한편 문제의 사루가야는 "하하하, 귀여운 여자애의 사복 차림을 보니까 눈이 행복하네"라고 하면서 태평하게 웃고 있었다. 확 발을 밟아주고 싶다.

이리하여 참으로 앞길이 험난해 보이는 더블데이트의 막이 올랐다.

\*

오늘의 목적지는 '꽃과 동물, 교감의 농장'이라는 목장이었다. 제안한 사람은 마유코였다.

『날도 슬슬 시원해졌고, 야외에서는 다 함께 신나게 놀 수 있으니까. 딱 좋을 것 같아.』

그저께 쉬는 시간에 그런 설명을 들었다.

나도 딱히 이의는 없었다. 이의를 제기할 정도의 경험이나 지식도 없었다. 평범한 커플이 데이트를 할 때 어디로 가는지 모르기도 하고…….

토이로도 『아, 좋은데? 토끼, 알파카, 카피바라. 복슬복슬 파티잖아』라고 하면서 즐거워했다. 그리하여 행선지는 금방 결정됐다.

버스를 타기 전에 편의점에 들러 각자 필요한 것을 샀다. 과자와 음료수를 고른 사루가야나 마유코와는 달리, 아침밥을 안 먹은 나와 토이로는 빵과 주먹밥 같은 간단한 식사용 음식과 차를 골랐다.

쇼핑을 마치고 우리는 버스를 탔다. 자연스럽게 커플끼리(엄밀히 따지자면 그건 아니지만) 나뉘어 나와 토이로, 사루가야와 마유코가 붙어 앉게 되었다.

찾아보니까 이동 시간은 약 40분인 것 같았다.

"저, 저기, 오, 오늘은 일진도 좋아서, 진짜로 소풍 가기 좋은 날씨네. 아마도 사, 사, 사루가야, 네가 있어서, 날씨가 좋은 게 아닐까――?"

"하하하. 같이 놀자고 해줘서 고마워, 마유코."

"아, 네에엣! 감사합니다!"

그렇게 고장이 나버린 마유코와 사루가야의 대화가 앞좌석에서 들려왔다. 나와 내 옆의 토이로는 또다시 서로 얼굴을 마주 봤다.

"역시 좀 이상하지? 마유코."

"약간 불안하긴 한데……. 하지만 뭐, 이게 첫 데이트니까……."

참고로 '일진도 좋다'는 말은 날씨를 표현할 때 쓰는 말은 아니었다. 그것은 운수가 좋은 날을 뜻하는 것이다. 마유코가 긴장해서 말실수한 건지, 아니면 처음부터 잘 몰랐던 건지는 알 수 없었다.

"저, 저기, 사, 사루가야. 넌 평소에는 어디서 놀아?"

"시내 쪽의 패션 쇼핑몰이나 백화점 브랜드 매장에서 자주 노는 편이지. 옷 보는 걸 좋아하니까. 게다가 휴일에는 그런 곳에는 예쁜 누님들이 잔뜩 있거든."

"아하. 역시 너는 주목하는 부분도 남다르구나!"

버스가 출발하자 이번에는 그런 대화가 여기까지 들려왔다.

"정말 괜찮은 거야? 마유코 녀석."

"글쎄, 왠지 엄청나게 불안한데……."

사랑은 맹목적이라더니, 저것도 그런 현상인 걸까.

사루가야가 변태 같은 짓이나 안 하면 좋으련만……. 그런 생각을 하면서 나는 좌석에 편안하게 앉았다. 토이로도 나처럼 등받이에 몸을 기대었다.

그렇게 몇 분쯤 버스의 진동에 몸을 맡기고 있었는데.

"휴, 피곤하다."

토이로가 그런 소리를 내면서 내 어깨에 자기 머리를 툭하고 올려놨다.

──헉.

내 몸이 반사적으로 딱딱하게 굳었다. 토이로의 머리카락이 내 목의 맨살에 닿아 간지러웠──는데, 나는 계속 얼어붙은 채 간신히 입을 움직였다.

"피곤하다고? 이제 막 출발했잖아."

"응──. 하지만 아침에 일찍 일어난 것만으로도 큰일을 해낸 듯한 기분인걸."

힐끔 곁눈질로 그쪽을 살펴봤지만, 토이로의 표정은 보

이지 않았다.

"……이건 연인 작업이야?"

"그렇지."

토이로는 느긋한 말투로 대답하면서 내 어깨에 딱 맞추려는 것처럼 머리를 슬금슬금 움직였다. 아마도 이 자세를 계속 유지하려는 것 같았다.

아까 그 예행 연습도 그렇고, 오늘은 이 녀석이 유난히 적극적이구나…….

나도 어쩔 수 없이 그 자세로 천천히 몸의 힘을 빼려고 했다.

"이봐요, 거기 두 분! 어디서 닭살 돋는 짓을 하는 거예요? 여긴 공공장소인데?"

돌연 앞좌석 위에서 마유코가 얼굴을 쑥 내밀었다.

"꺄."

토이로가 당황하여 잽싸게 몸을 일으켰다.

"오~ 뭐야, 내가 방해한 거야?"

마유코는 사루가야와의 일대일 대화를 피해 도망쳐온 것 같았다. 사루가야와 대화할 때보다는 좀 낮고 자유분방한 느낌이 나는 허스키 보이스였다.

한편 토이로는 이상하게도 부끄러운 것처럼 얼굴을 새빨갛게 물들이고 있었다. 아니, 바로 이런 때 상대에게 보여주려고 연인 작업을 했던 거 아니야——?

"까, 깜짝 놀랐잖아—. 아, 아무도 안 보니까 괜찮겠지—하고 생각했는데."

"기, 기회만 생기면 그렇게 닭살 돋는 짓을 한다고……? 놀라운 연인 파워잖아……."

"후후. 마유야, 넌 우리의 연인 파워를 계측할 수 있겠니?"

어찌어찌 태세 정비에 성공한 듯한 토이로.

"으윽, 반짝반짝한 핑크빛 입자 때문에 내 눈이, 눈이!"

"너희들 뭐 하는 거야?"

나는 무심코 냉정하게 한마디 던지고 말았다.

마유코는 머리를 설레설레 흔들고 눈을 깜빡깜빡 떴다 감았다 하더니, 그 후 자기 마음을 진정시키려는 것처럼 휴— 하고 숨을 토해냈다.

"역시 토이롱과 마조놋치는 굉장해. 오늘은 너희를 많이 보고 배울게."

우리를 의심하는 것은 아니었다. 하지만 그런 쪽으로 이야기가 흘러가는구나…….

"아, 아니, 아직 사귄 지 반년밖에 안 됐으니까. 너무 기대하지는……."

마유코의 맹렬한 기세에 기가 죽었는지, 토이로가 약간 물러나는 듯한 태도로 그렇게 대꾸했다.

"에이, 그게 무슨 소리야! 방금 남자 친구의 어깨에 툭! 하고 머리를 올려놨잖아. 그거 상당히 괜찮았어."

"그, 그 정도는 그냥 평범한……."

"아, 그게 평범한 거야? 대체 너희 둘은 얼마나……. 점점 더 오늘 하루가 기대되는데?"

입꼬리를 끌어올려 히죽 웃으면서 눈을 빛내는 마유코.

일단 마유코가 우리의 관계에 대해 품었던 의혹은 이미 사라진 듯했다. 단, 이번에는 반대로 이상한 부분에서 우리한테 기대를 거는 것 같았다. 그러고 보니 마유코는 연애 이야기를 좋아하고 사랑을 동경하는 여자애라고 했었지. 토이로한테 그런 이야기를 들었다.

"나, 나는, 그런 뜻으로 말한 것이……."

토이로가 난처한 표정으로 몰래 나를 쳐다봤다.

오늘 이 더블데이트도 여러모로 고생길이 훤해 보였다.

"마유코?"

앞좌석에서 사루가야가 마유코를 부르는 소리가 났다.

"아, 네!"

마유코가 펄쩍 뛰듯이 놀라면서 대답했다.

"활활 타오르는 두 사람을 자꾸 방해하면 안 되잖아? 우리는 여기서 단둘이 우아하게 간식 타임이나 즐겨보지 않을래?"

"그, 그래."

평소보다 반음 올라가서 좀 연약하고 소녀 같은 음성이었다. 마유코는 순순히 앞좌석으로 돌아갔다. 나와 토이로는 저도 모르게 자리에서 일어나 등받이 너머로 두 사람을 살펴봤다.

"간식을 이것저것 많이 사 왔거든. 뭐부터 먹을래?"

"아, 으, 고마워. 그, 그럼, 뭐로 할까?"

"여기 이 초콜릿은 신상품이야. 어때?"

"앗, 내가 직접 꺼낼게! 아, 고, 고마워."

사루가야가 초콜릿 한 알을 집어서 내밀자, 마유코는 두 손으로 공손히 그것을 받았다. 가만히 그 초콜릿을 들여다 보는 마유코의 뺨이 어쩐지 좀 붉어진 것처럼 보였다.

무의식중에 나는 마른침을 꿀꺽 삼켰다.

——이것은, 그게, 뭐랄까…….

"뭐랄까…… 귀, 귀엽다."

옆에서 토이로가 중얼거렸다.

내 감상도 거의 비슷했다.

"마유코의…… 팬이 될 것 같아."

뭐랄까. 마치 100% 순수한 청춘 애니메이션을 코앞에서 보는 듯한 감각이었다. 주인공 여자애가 이렇게나 풋풋한 사랑을 하고 있으면 응원하지 않을 수 없는 것이다. 이건 무조건 푹 빠져서 DVD & 블루레이까지 사버릴 만한 수준 이다.

"맞아! 그거야, 팬이 될 것 같아."

토이로도 나에게 동의하여 *끄덕끄덕* 고개를 끄덕거리더니 다시 한번 두 사람을 봤다.

"응원해줘야 해……."

토이로의 그 혼잣말에는 나도 완벽하게 동의했다. 이 어려운 더블데이트를 해내는 와중에도 마유코와 사루가야의 관계는 조용히 지켜보고 싶었다.

나는 천천히 좌석에 앉았다. 한편 토이로는 한동안 선 채로 두 사람을 살펴보고 있었다.

……저 시선.

토이로 씨, 완전히 신상품 초콜릿을 노리고 계시는군요…….

*

그러는 사이에 목적지에 도착했다. 나는 버스에서 내려 드넓은 주차장에서 크게 기지개를 켰다. 우리는 언덕 위의 높은 곳에 올라와 있었다. 불어오는 시원한 바람이 기분 좋게 느껴졌다.

"와—! 기분 좋다—."

내 옆에 나란히 선 토이로도 양팔을 벌리고 심호흡을 했다. 티셔츠 차림으로 그렇게 가슴을 쑥 내미는 포즈를 취하다니…… 저기, 사루가야가 눈을 가늘게 뜨고 이쪽을 뚫어지게 보고 있거든?

"야, 저쪽의 경치가 멋있다."

내가 턱짓으로 뒤를 가리키자, 토이로는 팔을 내리고 빙글 돌아 그쪽을 봤다. 나는 몰래 한숨을 쉬었다.

"오, 진짜네? 아름다워."

나무들이 우거진 산봉우리가 몇 개나 줄줄이 늘어서 저 멀리까지 이어져 있는 산줄기. 그 웅대한 풍경에 저절로 압도되었다. 아직은 단풍 구경을 하기에는 좀 이른 것 같지만, 군데군데 나뭇잎이 알록달록 물들기 시작해서 가을이 왔음을 느낄 수 있었다.

평소에는 늘 스마트폰이나 TV 화면만 들여다봐서 그런지, 이렇게 먼 곳을 바라보는 것은 오랜만인 것 같았다. 눈의 긴장이 서서히 풀리는 듯한 감각이 느껴졌다. 자신이 일상생활에서 얼마나 눈을 혹사했는지 알 수 있었다.

"이거 진짜 최고인데?"

그렇게 말하면서 사루가야는 주차장 끝을 향해 걸어갔다.

나와 토이로도 그 뒤를 따라가려고 했는데, 그때 바지런히 종종걸음으로 다가온 마유코가 토이로 옆에 나란히 섰다.

"……너…… 많…… 봐."

조그맣게 중얼중얼 거의 들리지도 않는 목소리가 들려왔다.

"어? 왜 그래?"

토이로가 가볍게 고개를 갸웃거리며 물어봤다.

나도 신경 쓰여서 그쪽을 봤더니, 마유코는 이상하게도 고개를 숙이고 터벅터벅 걷고 있었다.

"……너무 많이 먹었나 봐, 어쩌지……."

"너무 많이 먹었다고? 아, 간식 말이야?"

토이로가 다시 물어보자, 마유코는 고개를 살짝 끄덕거렸다.

그러고 보니 마유코는 버스 안에서 사루가야와 소소한 간식 파티인지 뭔지를 열었던 것 같은데…….

"어쩌지? 나 배 나왔어……."

"걱정하지 마. 멜빵바지 덕분에 보이지도 않아."

"정말? 하지만 지금은 내가 힘을 줘서 배를 집어넣고 있으니까 안 보이는 거야. 힘을 빼면 위험할지도 몰라."

"아냐, 눈치 못 챘다니까. 내가 한번 봐줄게."

마유코가 힐끔 주위를 둘러보는 것처럼 고개를 들었다. 눈이 마주치자 나는 허둥지둥 반대쪽으로 시선을 돌렸다.

"자, 힘을 빼고, 편하게, 휴~."

그런 토이로의 목소리에 맞춰 마유코가 숨을 뱉는 소리가 들렸다.

"어, 어때? 세이프?"

"세이프야! 세이프, 세이프. 자신 있게 힘을 빼도 돼!"

아마도 마유코의 배는 문제가 없는 것 같았다. 나도 덩

달아 휴~ 하고 힘을 뺐다.

"그런데 마유야, 너는 네 사랑에 관해서는 아주 순진한 소녀구나?"

토이로가 싱글싱글 웃으며 마유코에게 말했다.

그러자 마유코는 지나칠 정도로 눈을 동그랗게 뜨고 얼떨떨한 표정을 지었다.

"사, 사랑? 그그그그게 무슨 소리야?"

"어, 뭐야. 그런 어설픈 연극에 속아 넘어갈 것 같아?"

물론 아직은 마유코의 입에서 직접 사루가야한테 관심 있다는 이야기는 듣지 못했지만.

그래도 마유코의 행동을 보면, 마유코가 사랑에 빠졌다는 것은 누가 봐도 명백한 사실이었다.

"오늘도 처음에는 사루가야와 단둘이 놀고 싶어서 그에게 말을 걸었던 거잖아? 그러다 우여곡절 끝에 결국 이렇게 된 것 같지만……. 그래도 나와 마사이치는 너를 도와줄 거니까 안심해도 돼, 마유."

토이로가 나한테 눈짓했으므로 나는 고개를 끄덕거렸다.

마유코는 토이로와 나를 번갈아 쳐다봤다. 그 얼굴이 확 붉어졌다. 눈을 내리깔고 양손으로 두 뺨을 찰싹찰싹 두드리며 꾹 눌렀다.

"내, 내가 사랑이라니, 그렇게 어울리지도 않는 짓을, 할 리가……."

"아직도 그런 말을 해?!"

주차장이 넓어서 다행이었다. 사루가야는 우리의 대화를 듣지 못하고 스마트폰으로 느긋하게 산을 찍고 있었다.

☆

진짜 커플 같은 행동을 해서 마사이치의 가슴을 두근거리게 만들고 싶다.

나는 그런 계획을 세우고 의욕을 불태웠는데, 당장 버스에서부터 실패하고 말았다.

애니메이션이나 만화에서 본 적 있는 장면. 피곤해진 여자 주인공이 남자 주인공의 어깨에 머리를 대고 잠드는 장면. 그것을 연출해서, 운이 좋으면 마사이치의 반응까지 관찰해보려고 했었는데…… 설마 마유가 거기서 우리를 훔쳐볼 줄이야. 너무 부끄러워서 나도 모르게 이상한 소리를 내버렸잖아.

어휴, 일단 다시 시작하자.

버스에서 내린 나는 속으로 그런 생각을 하면서 다시금 기합을 넣었다. 힘내자! 하고 다짐한 것이다. 그런데 대체 왜…… 설마 이렇게 빨리, 두 번째 벽에 부딪칠 줄이야.

주차장과 목장 출입구 사이에는 긴 언덕길이 있었던 것이다.

"마사이치 나리, 숨을 헐떡이고 계시는데?"

"펴, 평소에는, 이런 운동은 안 하니까……."

사루가야의 목소리에 마사이치가 숨을 거칠게 쉬면서 대꾸했다.

"토이롱, 이제 거의 다 왔어! 내가 노래 불러줄게. 거─얼─자─, 거─얼─자─."

"나는 건강하지 않아……."

마유가 동요를 부르자, 나는 우는소리로 대꾸했다.

"너희 둘 다 왜 그래? 이런 길은 산길이라고 할 수도 없어. 완만한 오르막이잖아. 이건 말하자면 A…… 아니, B컵 정도야."

"너희 둘은 체력이 너무 없어……. 헉! 그렇구나. 그런 점이 일치하는 것도 커플한테는 중요한 요소라는 건가? 와, 메모해야겠다……."

냉정하게 비판을 가해줄 사람이 없어서 그런지 사루가야와 마유는 자기들 마음대로 떠들어대고 있었다.

어라, 이 두 사람은 서로 마음이 잘 맞는 게 아닐까……?

그런 생각을 하고 있는데, 앞에서 걷고 있던 마사이치가 힐끗 이쪽을 돌아봤다. 그것을 눈치챈 나는 고개를 들고 헤실헤실 웃었다.

어린 시절에 나는 자주 병에 걸리고 몸이 약했는데, 마사이치는 그런 나를 지금도 걱정해주고 있었다. 그래서 나는 이렇게 밝게 "걱정하지 마"란 사인을 보냈다.

이윽고 목장 입구에 도착했다.

나와 마사이치가 호흡을 가다듬는 사이에 사루가야가 한꺼번에 티켓을 사 왔다.

"토이롱, 여기 연간이용권도 파는데?! 세 번만 와도 본전은 뽑는 거야. 어쩔래?"

마유가 신나게 출입구에 있는 간판을 가리키며 말했다.

"에스컬레이터나 무빙워크가 생기면 한번 검토해볼게."

"산에 그런 것을 요구하다니, 그냥 여기에 올 마음이 없는 거네……."

그야 뭐, 이렇게 지쳤을 때 그런 질문을 받고 긍정적으로 대답하기는 쉽지 않잖아……? 점심밥을 먹은 직후에 저녁밥 이야기를 들은 것 같은 기분이다. 대충 그렇게 설명하면 남들도 이해해줄까?

우리는 각자 사루가야에게 입장료를 주고 티켓을 받았다.

그리고 마침내 우리는 목장 안으로 들어갔다.

들어가자마자 보행로의 왼쪽에 하얀 울타리가 나타났다. 그 너머에는 광대한 초원이 펼쳐져 있었다. 조금 걸어 갔더니 저쪽의 먼 곳에는 소, 반대편 울타리 안에는 조랑말, 길모퉁이에 설치된 사육장에는 토끼 등등, 다양한 동물들의 모습이 보이기 시작했다.

토끼는 직접 만져볼 수도 있는 것 같은데…… 아직은 그럴 여유는 없었다. 여전히 숨을 헐떡이고 있었다.

내가 멀리 있는 동물을 바라보고 있는데 옆에서 마사이치가 말을 걸었다.

"토이로, 오늘은 나도 연인 작업을 생각해왔어."

나는 놀라서 마사이치 쪽으로 고개를 돌렸다.

"……어떤 작업인데?"

"아니 뭐, 단순한 거야. 걷다가 피곤해졌을 때 하려고 했던 작업인데——."

그렇게 말하면서 마사이치는 주위를 둘러봤다. 가까운 곳에는 푸드 트럭이 세워져 있었다. 거기서 간단한 음식이나 음료수 등을 팔고 있었다. 마사이치는 앞장서서 가던 마유와 사루가야에게도 들릴 만큼 큰 소리로 이렇게 이야기하기 시작했다.

"토이로, 좀 피곤한데 음료수나 마실래?"

"응? 어, 응."

내가 눈치껏 맞장구를 치자, 마사이치는 얼른 푸드 트럭으로 갔다. 그리고 커다란 컵에 든 음료수를 사서 돌아왔다.

"자, 토이로. 먼저 마셔."

그때는 이미 나도 마사이치가 무슨 짓을 하려는지 눈치를 챘다. 그가 내민 음료수를 받아서 빨대를 입에 물고 쭉빨아 먹은 다음에 마사이치에게 돌려줬다.

"고마워. 마사이치."

"응."

짧게 말하고 나서 이번에는 마사이치가 음료수를 마셨다. 꿀꺽꿀꺽 마신 다음에 후아~ 하고 숨을 토해냈다.

이것은 자연스럽게 음료수 하나를 나눠 마시는 연인들의 작업이다. 그리고 마사이치의 계획대로 마유가 "오~" 하고 반짝반짝 빛나는 눈으로 이쪽을 쳐다보고 있었다.

"우와―, 이게 바로 애정이 불타는 커플만 할 수 있는 행동이야?"

마유가 그렇게 말하자 내가 입을 열었다.

"아니, 이 정도는 보통인데."

그렇지? 하고 마사이치에게 동의를 구하자, 그는 강하게 긍정했다. 실제로 집에서 같이 놀 때도 종종 페트병 음료수 하나를 둘이서 번갈아 마시기도 하니까…….

마사이치의 작전은 성공했다.

성공, 하긴 했는데. 나는 무심코 '흥!' 하고 불만스러운 눈초리로 몰래 마사이치를 쳐다봤다.

――내가 모처럼 진짜 커플같이 행동하려고 마음먹었는데, "나도 연인 작업을 생각해왔어"라고 하다니. 분위기 깨는 것도 정도가 있지! '임시'라고 땅땅 못을 박는 행동이잖아.

나는 마사이치가 들고 있는 음료수를 가져와 빨대를 물

고 쭈웁! 하고 힘차게 빨아들였다.

"앗, 나도 더 먹고 싶은데?!"

그렇게 당황하는 마사이치를 힐끗 보면서 나는 이번에도 또 쭈웁쭈웁 빨아들였다. 분노의 흡입이었다.

그런 짓을 하고 있을 때였다.

"아하, 그래⋯⋯. 좋아, 마유야. 우리도 좀 휴식할까? 가볍게 쉬면서 아이스크림이라도 먹자."

사루가야가 그런 말을 꺼냈다.

"으, 응, 그럴까."

"좋아. 저기, 저 패브릭 입간판이 있는 목장 소프트아이스크림은 어때? 내가 사 올게."

사루가야는 푸드 트럭으로 향했다. 그리고 잽싸게 소프트아이스크림을 사 왔다. 황당하게도 딱 하나만.

아, 이건⋯⋯ 나는 미간을 찡그렸다. 이건 아무리 봐도, 우리 둘의 행동을 보고 흉내 내서 간접 키스를 하려는 작전이잖아? 마사이치도 걱정스럽게 눈살을 찌푸리고 있었다.

너무나 노골적인 행동인데. 과연 어떻게 될까?

"마유코, 내가 사 왔어! 자, 같이 먹자."

그러더니 사루가야가 소프트아이스크림을 내밀었다.

우리가 지켜보는 가운데 마유가 그것을 받았다. 작은 입으로 한 입 베어 먹더니, 공손히 두 손으로 돌려줬다.

"어?!" 하고 의외로 사루가야가 깜짝 놀란 것처럼 소리를 냈다. 그러더니 흠칫거리는 손으로 그 아이스크림을 받았는데.

"앗, 사, 사루가야! 내가 그쪽에 입을 댔으니까…… 거, 거기는 간접 키스가 되니까……. 이쪽, 이쪽은 괜찮아."

마유가 뺨을 붉히면서 열심히 아이스크림을 손가락으로 가리키며 설명하기 시작했다.

"그, 그래. 이쪽부터 먹으면 된단 말이지."

그 지시대로 마유가 먹은 부분에 닿지 않도록 살짝 아이스크림에 입을 대는 사루가야. 아이스크림을 핥아먹고 나서 이쪽으로——마사이치 곁으로 슬그머니 다가왔다.

"이, 이봐, 마사이치 나리."

"왜?"

사루가야는 어쩐지 뺨이 붉어진 것 같았다. 또 이유는 몰라도 놀란 듯한 표정이었다. 귓속말을 하는 것 같았지만 그 목소리는 나한테도 들렸다.

"저기, 마유코가 너무 귀여운데?"

나와 마사이치는 서로 눈빛을 교환했다.

이것은…… 마유를 위한 순풍이 부는 건가?!

"네가 그렇게 생각한다면, 그런 거겠지."

마사이치가 그렇게 대답했다. 좀 더 강하게 밀어붙여, 밀어붙이라고! 나는 속으로 마사이치를 향해 소리쳤다.

"이건 뭔가 좀, 애니메이션 같은 데 나오는 상황이라고 해야 하나······. 그러니까, 이른바······ 모에*란 건가? 아니, 애초에 아이스크림 하나를 같이 나눠 먹자는 것은 당연히 상대가 거절할 줄 알았는데."

지금까지 온갖 여자들에게 대시──집적거림을 시도하다가 철저하게 무시당했던 사루가야. 그래서 그는 이번에 마유한테도 당연히 푸대접을 받을 거라고 각오했던 걸지도 모른다. 그런데 마유가 선선히 받아들이기에 그는 예상 외로 깜짝 놀란 것이리라.

그렇게 이야기를 하는 사이에 아이스크림이 녹아 흐르기 시작했다. 당황한 사루가야는 그저 어리둥절한 표정을 짓고 있는 마유의 곁으로 돌아갔다.

"마유코, 큰일 났어! 여기 좀 핥아줘!"

"하하하핥으라고?! 어어어?!"

"여기는 아까 네가 핥았던 부분이잖아?"

"어, 아니, 난 이쪽이었던 것 같은데······ 어라? 앗, 떨어진다!"

그렇게 난리를 치는 두 사람을 보면서 나는 저절로 흐뭇한 기분을 느꼈다. 풋풋하구나.

그런데 마사이치는, 정말이지······.

한동안 마유와 사루가야는 소프트아이스크림 때문에 바

---

*보통 애니메이션이나 만화 같은 오타쿠 매체의 캐릭터에 대한 열정적인 애정과 흥분을 뜻하는 용어.

뻘 것 같았다. 그래서 나는 가까이 있는 토끼와 놀 수 있는 코너에 들렀다. 토끼 한 마리를 만져봤다.

복슬복슬했다. 귀가 쫑긋쫑긋 움직이고 있었다. 마음이 평화로워졌다. 계속 이렇게 만지고 싶었다. 푹신푹신했다.

와~ 토끼, 너무 좋아.

그렇게 멍하니 아무 생각이나 하고 있었는데.

"귀엽다. 토이로."

등 뒤에서 마사이치의 그런 목소리가 귀에 들어왔다.

"뭐——?"

나는 반사적으로 그쪽을 돌아봤다. 어쩌면 좀 전의 마유와 사루가야처럼 내 뺨이 붉어졌을지도 모른다.

"뭐, 뭐야. 갑자기 왜——."

솔직한 심정을 내비치는 사루가야한테 영향이라도 받은 걸까?

그렇게 나는 속으로 들떠 있었는데, 그런 내 앞에서 마사이치는 의아한 표정을 지었다.

"응? 아, 그러니까. 토끼가 귀엽다고……."

"——어휴, 진짜!"

어떡해. 얼굴이 뜨거워.

나는 내 착각을 눈치채고(이런 상황에서 착각했던 내가 멍청한 거지만), 부끄러움을 숨기려고 일부러 마사이치의 팔뚝을 가볍게 주먹으로 때렸다.

음료수와 소프트아이스크림을 먹으면서 잠깐 휴식(?)을 취한 우리는 드디어 동물을 구경하고 다니기 시작했다.

"와, 이 소 크다. 이거 봐, 마사이치."

"홀스타인인가. 흰색과 검은색 얼룩무늬가 있는 일반적인 젖소인가 봐."

"잠깐만, 기니피그가 있어! 우와, 귀여워! 이렇게 복슬복슬한 것은 거의 범죄 아냐?! 만져보고 싶어ㅡ."

"햄스터와 비슷하지만, 생태는 상당히 다른가 봐. 기니피그는 완전히 초식이고, 쳇바퀴를 돌리는 운동 같은 것도 안 한대."

"앗, 통로에 거북이가 있어! 크다!"

"육지 거북이야. 이대로 기르는 건가. 어디에 설명문은 없나? ……아니, 잠깐만. 넌 복슬복슬하지 않은 동물에 대해서는 할 말이 크기밖에 없는 거야? 그리고 흥분하는 수준이 너무 차이가 나잖아."

아니 그게, 역시 털이 없는 것보다 있는 게 좋잖아?

내가 정신없이 동물을 구경하는 사이에 마사이치는 울타리에 게시된 동물들의 설명문을 꼼꼼하게 읽고 있었다. 이런 데서도 공부를 참 열심히 하네. 그러고 보니 의외로 수족관이나 동물원 같은 곳에는 아직 마사이치와 함께 가 본 적이 없구나. 목장도 당연히 이번이 처음이었다. 우리도 아직은 경험하지 못한 일이 많은 것이다.

"앗, 커다란 돼지가 있어! 꿀꿀거리는데? 콧김이 장난 아니야!"

"응, 딱 봐도 돼지처럼 생겼네. 어디 보자……. 뭐? 이게 미니 돼지라고?"

적혀 있는 이름을 보고 마사이치가 눈썹을 찡그렸다.

"전혀 미니가 아닌데."

나도 의아하여 고개를 갸웃거렸다.

"어디 보자―. '미니 돼지'는 반려동물 및 실험동물로서 소형으로 개량된 돼지이다. 통상 200kg이 넘는 가축용과 비교하여 그렇게 부른다. 개체에 따라 100kg으로 성장하는 경우도……."

"100kg?! 하나도 안 작잖아! 이건 사기야, 사기!"

"사기는 아니야. 돼지 업계에서는 이 녀석은 미니인 거야."

"하, 하다못해, 복슬복슬하기만 했어도……."

"넌 목장에 온 다음부터는 모든 것의 기준이 복슬복슬이 된 것 같다……?"

그렇게 적당히 즐기면서 우리는 목장에서 계속 이동했다.

즐겁지만…… 그래도, 아까 그 실패를 만회할 기회가 왔으면 좋겠다.

나는 마음속 한구석에 그런 생각을 품은 채 다음 동물을 보러 가려고 했다.

그런데 그때 등 뒤에서 번득이는 날카로운 시선이 느껴졌다. 나는 그쪽으로 고개를 홱 돌렸다.

마사이치도 그것을 느꼈는지 움찔하면서 허리를 쭉 펴고 똑같이 뒤를 돌아봤다.

마유가 눈을 가늘게 뜨고 팔짱을 낀 채 가만히 우리를 응시하고 있었다.

"왜? 너희. 그냥 계속해봐."

계, 계속하라니, 뭘 어쩌라고…….

마유 뒤에서는 사루가야가 염소와 함께 셀카를 찍으려고 분투하다가 염소가 스마트폰을 갉아 먹으려고 해서 당황하는 중이었다. 뭐 하는 거지…….

"뭐, 뭔가 엄청난 시선이 느껴졌는데. 저기, 왜 그래?"

나는 그렇게 조심스럽게 물어봤다.

"응? 난 커플 관찰 중인데."

관찰당하고 있었구나.

"이, 이왕 여기까지 왔으니, 동물을 보는 게……."

설마 목장까지 와서 내가 관찰 대상이 될 줄은…….

하지만 그런 내 말은 듣지도 않고.

"……이상해."

마유가 한층 더 진지한 눈빛으로 우리를 쳐다봤다.

"뭐, 뭐가 이상해?"

마사이치가 고개를 갸웃거렸고, 나는 마른침을 꿀꺽 삼

켰다.

"너희 둘은 커플인데도 손을 안 잡는구나⋯⋯?"

아니, 또?! 그런 말이 튀어나올 뻔했다. 착실히 의심을 받는 것이었다.

"아, 아니, 시내에서 돌아다닐 때는 우리도 손을 잡거든? 하지만 이런 곳에서는, 보통은 노는 것을 우선시하게 되니까――."

"하지만 다른 커플들은 모두 다 손을 잡고 있는데?"

마유가 힐끗 주위를 보면서 눈짓했다. 그래서 나도 주위를 둘러봤는데, 걸어서 이동 중인 커플들은 의외로 꽤 높은 확률로 손을 잡고 있었다.

⋯⋯원래 그런 건가? 우리가 방심한 거야? 하지만 저 사람 중에서도 둘 다 손을 자유롭게 놔둔 채 마음껏 놀고 있는 커플도 있잖아――.

내가 그런 생각을 하고 있는데, 마유의 음성이 이어서 내 귀에 들려왔다.

"저기, 혹시나 해서 물어보는 건데. 나나 사루가야 때문에 일부러 자제하는 거야? 그럼 우리한테는 전혀 신경 쓰지 말고 손을 잡아도 되거든?"

"아, 그건⋯⋯."

마사이치가 이해한 것처럼 소리를 냈다.

나도 아하, 그렇구나 하고 생각했다. 또다시 우리가 의심받고 있다고 생각한 것은 나의 착각이었다. 아마도 마유는 우리한테 신경을 써주는 것 같았다.

다행이야. 나는 안심하고 어깨의 힘을 뺐다.

그렇다면 여기서 그냥 보여주면 되는 거잖아──.

"고마워. 마유. 그럼 마음 편하게 할게."

나는 그렇게 말하면서 오른손으로 슬쩍 마사이치의 왼쪽 손등을 건드렸다.

"자, 잡을 거야?"

마사이치가 내 귓가에 대고 조그맣게 물어봤다.

"응. 사실 처음부터 마유는 우리가 손을 잡는 것이 보고 싶어서 이쪽을 관찰했을 거야. 그런데 우리가 끝까지 손을 안 잡아서 다시 의심받으면, 그것도 성가시잖아?"

"그러네……."

납득을 했는지 마사이치가 손을 내밀었다. 마유의 눈이 번쩍하고 빛나는 것이 느껴졌다.

그런데.

──내가 위였나? ──아니, 내가 이쪽에서 이렇게 하는 거야. ──어? 손가락을 얽는 거야? ──앗, 아니, 데이트 분위기를 내려면 이래야 할 것 같아서.

우리는 손을 잡으려고 하다가 서로 우왕좌왕하면서 손가락을 복잡하게 움직이고 말았다.

평소에는 천천히 확인하면서──아니면 충동적으로 확

손을 잡는 경우가 많았다. 그런데 이렇게 상의도 안 하고 남에게 주목받는 상황에서 정식으로 손을 잡으려고 하니까 왠지 자연스럽게 할 수가 없었다.

"어라?"

마유의 눈썹이 꿈틀거렸다.

위험하다.

간신히 손을 잡긴 했는데, 너무 늦었나? 방금 그것은 위화감이 넘치는 행동이었다. 익숙하지 않다는 것을 들켰을 거야……

──아니, 하지만 이건 기회야!

나는 마사이치의 손을 잡아당겨서 그의 팔을 내 품에 끌어안았다.

"어?!"

마사이치가 작은 소리를 내면서 내 얼굴을 들여다봤다.

"펴, 평소에 우리는 이러고 다녀서! 손은 잡아본 적이 별로 없잖아? 기본적으로는 팔짱을 끼는 편이지, 안 그래?"

나는 그렇게 말하면서 보란 듯이 마사이치의 팔을 꽉 끌어안았다.

──파, 팔짱을 끼는 것은 처음인데.

하지만 이것이 진짜 연인 작업이라는 거야!

손을 잡는 것과는 비교가 안 될 정도로 밀착된 감각. 얇은 옷 너머에서 마사이치의 체온이 전해져 왔다.

그리고 그 순간적인 기지가 훌륭하게 작용한 듯했다.

"……이, 이게 바로, 코앞에서 보는 라이브 커플의 위력인가? 심장이 너무 심하게 뛰어서 망가질 것 같아. 나도 이제 나이를 먹었나……."

마유에게는 효과 만점인가 보다. 마유는 묘하게 감동해 부들부들 떨고 있었다.

팔짱은 풀지 않은 채 우리는 어색하게 걷기 시작했다.

——와, 어떡해. 무지무지 심장이 두근거려. 이렇게 착 달라붙어 있으면 내 심장의 고동이 빨라진 것을 마사이치에게 들킬지도 몰라.

그런데 마사이치가 아까부터 조용했다. 그쪽을 보니, 그는 심적인 동요를 숨기려는 것처럼 입을 꾹 다물고 앞만 보고 있었다. 팔을 의식하지 않으려고 노력하는 건가……? 과연 어떨까.

"……너 부끄러워하는 거야?"

내가 그렇게 물어봤더니.

"아니거든?!"

허둥대는 것처럼 그런 대답이 튀어나왔다.

으음. 실제로는 어떨까. 나만 이렇게 가슴이 두근거리는 걸까…….

그나저나 조금이라도 수상한 점——빈틈을 보여주면, 마유는 즉시 날카롭게 지적한단 말이지.

역시 더블데이트하는 동안에는 방심할 수 없겠어——.

삐걱삐걱 어색하게 걸으면서 나는 그런 생각을 했다.

*

——어휴, 지독하게 긴장했잖아.

단순히 손을 잡는 것도 아직은 좀 가슴이 두근거리는데.

처음 토이로와 팔짱을 껴본 나의 심장은 한계를 초월할 정도로 미친 듯이 뛰고 있었다.

도대체 뭐야? 팔 전체를 부드럽게 감싸는 듯한 저 감촉은. 조금이라도 닿는 부분이 어긋났다간 큰일 날 것 같았다. 나는 팔꿈치를 전혀 움직이지 못하게 되었다. 격투기의 관절기 같은 기술보다도 훨씬 더 구속력이 높았다. 그런데 또 한편으로는 온 신경이 팔에 집중된 것처럼 그쪽 감각만 아주 날카롭게 살아나는 기분이었다.

아니, 그나저나 결국 이번에도 또 연인 작업에서 토이로의 도움을 받았구나…….

그대로 쭉 어색하게 걷다가 우리는 좀 넓은 구역에 도착했다. 몇 군데에 울타리로 둘러싸인 공간이 만들어져 있고, 그 안에 동물의 모습이 보였다.

간판에는 '교감의 광장'이라고 적혀 있었다. 여기까지 오는 동안에도 동물을 만질 수 있는 장소는 몇 군데 있었는데,

여기서는 동물에게 직접 먹이를 줄 수 있는 것 같았다. 배고픈 동물들이 모두 울타리 근처에 모여 있었다.

"어쩔래? 먹이를 줄까?"

마유코가 그렇게 다른 사람들에게 물어봤다.

"응, 주자!"

토이로가 기운차게 주먹을 치켜들며 대답했다.

그때 갑자기 내 팔이 해방됐다. 나는 남몰래 휴 하고 한숨을 쉬었다. 내 팔을 덮었던 온기가 사라져가는 것이 조금 아쉽긴 했지만……

우리는 소형 자판기에 100엔을 집어넣고 우선 양 먹이를 샀다.

"이것을 사용해서 하는 건가?"

자판기 옆에는 바가지처럼 생긴 플라스틱 미니 삽이 놓여 있었다. 양에게 먹이를 주는 일은 해본 적이 없었다. 과연 어떤 작업일까.

흥미진진하게 그 삽을 손에 들었는데.

그때 슬금슬금 토이로가 이쪽으로 바싹 다가왔다.

"마사이치, 나 무서워—."

일부러 반음 높여서 어리광부리는 토이로.

"웃기지 마. 동물에게 먹이를 주는 것은 아무리 봐도 네가 좋아할 만한 일이잖아."

내가 그렇게 대꾸하자, 토이로는 '치—' 하고 부루퉁한 표정을 지었다.

"아, 미안. 연인 작업이었어?"

"한 번 더 '치—'."

이번에는 상대가 소리 내어 '치'라고 말했다.

어쨌거나 나는 울타리 옆으로 이동했다. 삽에 먹이를 담아, 이쪽으로 얼굴을 내밀고 있는 양을 향해 뻗어봤다.

——그 순간.

나는 코앞에서 한 마리 짐승을 봤다.

맹수였다.

아작아작아작아작. 이빨로 삽을 깨물어 부숴버릴 듯한 기세로 양이 먹이를 빼앗아갔다. 그 충격으로 튕겨 날아갈 뻔했던 나는 허둥지둥 힘을 꽉 주면서 삽을 고쳐 쥐었다.

"아⋯⋯."

옆에서 먹이를 준비하고 있던 토이로는 식겁한 것 같았다. 한 발 가까이 나에게 다가오더니, 마치 무서운 것을 보는 듯한 눈초리로 양을 보고 있었다.

신기하게도 얼굴이 까만 양이 벌써 토이로의 손에 있는 삽을 노리고 울타리 틈새로 고개를 내밀고 있었다. 입을 앞으로 쑥 내밀면서. 가로로 길게 찢어진 동공으로 오직 먹이만 응시하고 있었다.

"자자잠깐만, 이거 진짜로 무서운데?!"

"사, 삽을 꽉 붙잡고 있으면 괜찮아."

"소, 손가락, 다치는 거 아냐?"

"괜찮아. 아슬아슬하게 어디 다치진 않았어."

"아슬아슬하게 버티는 수준이야?!"

경악하는 토이로에게 나는 웃으면서 "농담이야"라고 말했다. 주먹을 쥐었다 폈다 하면서 보여줬다.

"멀리서 볼 때는 귀여운데."

"네가 좋아하는 복슬복슬한 타입이기도 하고."

"맞아! 양은 대체로 30복슬복슬 정도는 되거든?! 기니피그의 여섯 배나 되는 복슬복슬이야."

"이제는 복슬복슬 단위로 환산까지 하는 거야?!"

토이로가 "아하하" 하고 재미있다는 듯이 웃었다.

"……뭐, 어쨌든 먹이를 주는 것도 익숙해지면 쉬울 거야."

나는 그렇게 말하면서 주위를 둘러봤다. 다른 손님들도 모두 양의 맹렬한 기세에 압도되면서도 즐겁게 먹이를 주고 있었다. 어린아이도 괜찮아 보였다. 아니, 오히려 신이 난 아이도 있었다.

"그, 그렇구나."

토이로는 살짝 고개를 끄덕이더니 다시 양과 똑바로 대치했다. 그리고 조심스럽게 삽을 내밀었다.

──안 돼. 그렇게 쭈뼛거리면 양한테 빼앗길 거야.

양의 입이 먹이에 닿기 직전에 나는 순간적인 판단으로 옆에서 손을 쑥 내밀어 토이로의 손을 꽉 잡았다. 같이 삽을 잡아준 것이다. 그 직후 손목에 찌르르한 충격이 가해졌다. 양이 우걱우걱 사료를 게걸스럽게 먹기 시작한 것이다.

"고, 고마워."

토이로가 힐끔 나를 보더니 얼른 삽으로 시선을 돌렸다. 그래, 그래. 눈으로 잘 봐야지, 안 그러면 손가락이 남아나지 않을 수도 있어.

——이렇게 가까운 거리에서 누가 자기 얼굴을 자세히 들여다보면 부끄럽다든가, 뭐 그런 이유도 있었는지 없었는지 모르겠지만…….

먹이는 눈 깜짝할 사이에 사라졌다. 양은 흥미를 잃은 것처럼 삽을 두고 가볍게 떠나갔다. 미련이 없구나. 단순히 먹이로만 맺어진 관계라는 사실을 노골적으로 보여주고 있었다.

우리 둘은 동시에 휴— 하고 한숨을 쉬었다.

"양은…… 먹이에 대한 욕심이 엄청나구나…….."

"그러게, 매일 수많은 사람한테 먹이를 얻어먹고 있을 텐데도."

그렇게 토이로와 내가 대화를 하고 있는데, 옆에서 마유코의 목소리가 들려왔다.

"역시 토이롱과 마조놋치는 호흡도 잘 맞는구나! 커플의 첫 번째 공동 작업이야? 덕분에 아주 멋진 광경을 봤어!"

마유코는 쪼그려 앉은 채 양에게 먹이를 주면서 황홀해

하는 눈빛으로 이쪽을 쳐다보고 있었다.

"앗, 마유야?! 앞을 봐, 앞을!"

토이로가 놀라서 소리를 질렀다.

"앞? 응? 아, 양 말이야?"

마침 먹이를 다 먹은 양이 느릿느릿 고개를 들었다. 마유코는 여유롭게 "맛있었니?"라고 말을 걸었다.

"안 무서워?"

"응. 목장이나 동물원 같은 곳에는 여러 번 와봤거든. 우리 집은 동생들이 아직 초등학생이라서 쉬는 날에는 항상 그런 곳에 놀러 간다니까."

"아, 그렇구나. 그래서……."

"아니, 토이롱, 네가 지나치게 무서워하는 거야. 자, 저거 봐."

마유코가 엄지를 세우더니 그 손가락으로 등 뒤를 가리켰다.

거기서는 사루가야가 둥글게 모은 손에 직접 먹이를 올려놓고 양에게 먹여주고 있었다.

"옳지, 옳지, 착하다, 아주 착해. 내 페로몬에 취해 여기까지 오다니, 넌 아마도 암컷이겠지? 옳지, 착하다. 내가 더 많이 예뻐해 줄게."

그러더니 먹이를 다 먹은 양의 머리를 양손으로 거칠게 쓰다듬었다.

……뭐야? 저 용감무쌍한 남자는. 설마 전생에 유목민이었나?

주위에 있는 손님들이 다들 사루가야를 주목하고 있었다. 그중에는 어린아이도 있었는데…… 착한 아이는 저런 짓은 절대로 흉내 내면 안 된다.

"사루가야는 야성적이구나……."

마유코의 황홀해하는 눈동자가 이번에는 저쪽을 보고 있었다. 이 애는 사루가야를 맹신하는 상태에 빠진 게 아닐까……?

그런 마유코에게 토이로가 말을 걸었다.

"아, 맞다, 마유야! 방금 내가 했던 것을 너도 흉내 내보면 어때?"

"뭐? 흉내?"

"응, 흉내. 사루가야한테 가서 '내가 먹이를 줘봤는데, 너무 무서워서 남은 사료는 줄 수가 없어―'라고 말해봐."

그렇군. 좀 전에 마유코가 말했던 우리의 '첫 번째 공동 작업'이란 것을 마유코한테도 체험하게 해주자는 작전인가. 그건 어쩌면 두 사람의 거리가 가까워지는 계기가 될지도 모른다.

그러나 마유코는 고개를 옆으로 도리도리 흔들었다.

"아, 안 돼, 그, 그런 거는. 소, 소……."

"소?"

"소, 손이! 손이 닿을지도 모르잖아……."

"그게 좋은 거 아냐?! 자, 어서 해봐!"

"앗—?!"

토이로가 가볍게 등을 떠미는 바람에 한두 걸음 앞으로 걸어 나간 마유코.

그대로 잠시 망설였지만, 이윽고 결심했는지 고개를 번쩍 들어 앞을 바라봤다. 그리고 사루가야에게 다가갔다.

"사, 사, 사루가야!"

"응, 왜? 마유코."

"저, 저기, 먹이를, 나랑 같이 주면 안 돼? 아, 무, 무서워서. 양이."

"응, 그래. 그 정도는 쉬운 일이지. 자, 어떤 애한테 줄까?"

사루가야의 에스코트를 받으면서 마유코는 양 앞으로 이동했다. 그러자 하얀 양 한 마리가 두 사람의 코앞에 자리를 잡았다.

"아, 여기, 여기를 잡아줘."

삽을 손에 밀착시키듯이 꼭 쥐더니, 남은 뒤쪽의 자루 부분을 나머지 한 손으로 필사적으로 가리키는 마유코.

"아, 이렇게? 그런데 너 무섭다면서. 그럼 내가 앞을 잡는 게 낫지 않아?"

"앗! 그, 그러게. 그, 그러면, 네가 잡아줄래?"

"저기, 그렇게 뒤쪽에 손가락만 살짝 대고 있으면 먹이를 주는 기분이 안 나지 않아?!"

"앗, 그, 그럼 이렇게 할까?"

간신히 둘이서 하나의 삽을 쥐고 내밀어 먹이를 주기 시작했다.

금방 먹이가 사라지자 사루가야는 삽에서 손을 뗐다. 마유코는 안도한 것처럼 가슴을 쓸어내렸다. 그러다 갑자기 헉 하고 놀란 표정으로 사루가야를 쳐다봤다.

"미, 미안. 아까 양이 돌진하는 충격 때문에 손이 좀 닿아서."

"아, 아니, 아냐. 전혀 문제 될 것 없어. 아, 걔도 맛있게 잘 먹더라, 그렇지?"

울타리 쪽에서 돌아온 마유코가 잽싸게 토이로 곁으로 뛰어갔다. 그러자 토이로는 그 노력을 칭찬해주는 것처럼 마유코의 머리를 쓰다듬었다.

그러는 사이에 사루가야가 나한테 쓱 다가왔다.

"야, 야. 아무리 봐도 마유코가 너무 귀여운데."

우연의 산물인지 전화위복의 일종인지. 아무튼 나와 토이로의 우연한 행동이 연인 작업으로 승화됨으로써 마유코의 사랑에 도움을 준 것 같았다.

양, 염소, 토끼 같은 것부터 좀 진귀한 캥거루까지. 우리는 다양한 동물들에게 먹이를 주면서 놀았다.

먹이 구매, 1회 100엔×7회. 700엔만큼 동물들에게 밥을 사준 셈인데……. 그런 생각을 하는 것은 쩨쩨한 거겠지. 하지만 이렇게 먹이를 사다 바쳤으니까, 조금이라도 그 복슬복슬함을 맛보게 해줬으면 좋았을 텐데.

거의 일방적으로 강탈을 당하기만 했으니……. 특히 양한테…….

뭐, 어쨌든 우리는 마유한테는 의심받지 않고 그럭저럭 잘 처신했다.

그런데 마지막으로 카피바라 사육장에서 한 사건이 발생했다.

"카피바라 씨가 복슬복슬하지 않아!"

카피바라는 직접 만져볼 수 있었는데, 먹이를 주고 그 등을 만져본 나는 저도 모르게 경악의 소리를 내고 말았다.

카피바라의 털은 한 올 한 올이 굵은 직모라서 딱딱하고 따끔따끔했다. 사진으로 봤을 때는 무수한 털로 뒤덮여 있어 복슬복슬한 이미지였으므로 나는 깜짝 놀랐다.

"이 정도면 몇 복슬복슬이야?"

마사이치도 만져보고 놀란 것처럼 나에게 그런 질문을 던졌다.

"마이너스 100복슬복슬이야! 이건 수세미에 필적할 정도야!"

"아니 뭐, 심정은 이해하는데……."

그래도 내가 등을 만져주자 카피바라는 기분 좋다는 듯한 얼굴을 했다. 복슬복슬하진 않아도 상당히 귀여웠다.

참고로 설명문을 읽어보니 거기에는 털에 관한 정보도 적혀 있었다. 본디 카피바라는 물가에서 사는 생물이고, 털은 가볍게 털기만 해도 쉽게 물을 튕겨낼 수 있으며, 밀도가 낮고 통기성이 있어서 물기도 금방 마른다고 한다.


대충 이런 식으로 우리는 동물들을 구경하면서 한 바퀴를 다 돌았다. 지금은 정오가 좀 지난 시각이었다.

동물 구역이 꽤 넓었는데, 이 '꽃과 동물, 교감의 농장'에는 식사 및 놀이 시설도 잘 갖춰져 있는 듯했다.

여기에는 푸드 코트 건물이 있다고 했다. 우리는 농장 안내도를 보면서 그쪽으로 이동했다. 가는 도중에는 운동기구, 잔디 썰매장, 경품을 받을 수 있는 양궁 게임 등등, 재미있을 것 같은 코너가 아직도 잔뜩 있는 것이 보였다.

그런 것들을 보면서 나는 조그맣게 중얼거렸다.

"어떻게 한 번만 더 도와줄 수 없을까……?"

"응?"

가까이에서 듣고 있던 마사이치가 이쪽을 돌아봤다.

"아니, 마유와 사루가야 말이야. 아까 분위기가 꽤 좋았잖아? 거기서 조금만 더 지원해줄 수 없을까 하고. 지금까지는 나도 우리의 연인 작업에 신경 쓰느라 좀 바빴거든."

"그렇구나. 하긴, 아까 분위기가 좋긴 했지."

양에게 먹이를 주는 공동 작업에 관한 이야기였다.

그 장면을 다시 떠올렸는지 마사이치도 몇 번이나 고개를 끄덕거렸다.

"마사이치, 너도 도와줄 거야?"

"응."

"좋아, 그럼 저거 탈래?"

그러면서 나는 좀 전부터 점찍어뒀던 놀이기구 하나를 손가락으로 가리켰다. 푸드 코트 건물 앞을 지나쳐서 더 안쪽으로 들어간 곳. 숲의 입구에 우뚝 솟아 있는 것.

"과, 관람차?"

"Yes!"

나는 힘차게 고개를 위아래로 움직였다.

놀이공원 같은 테마파크에 있는 관람차에 비하면 곤돌라 수가 적고 크기도 작았지만, 이렇게 산 위에 세워져 있으니까 저기서 보이는 풍경은 아름다울 것이다.

"어때, 타보고 싶지 않아?"

"토이로. 그냥 네가 타고 싶은 거 아냐……?"

"그, 그런 거 아니거든? 저 두 사람을 위해서야. 어때?"

"글쎄. 뭐, 저 정도면 괜찮을까……."

"좋아!"

마사이치가 OK를 해줬으므로 나는 마유와 사루가야에게 말을 걸었다.

"저기, 얘들아. 저거 타보지 않을래? 둘씩 갈라져서."

마유와 사루가야가 이쪽을 돌아보더니, 마사이치와 마찬가지로 내 손가락이 가리키는 방향을 봤다.

"과, 과과, 관람차? 아니, 토이롱, 그건 좀……."

"마유야. 하고 싶은 말이 뭔지는 알겠어. 알겠는데, 이건 기회야!"

"마사이치 나리. 그건 좀 난도가 높은 거 아냐? 애니메이션이나 만화에 나오는 관람차란 것은, 반드시 그 안에서 중대한 이벤트가 발생하게 되어 있잖아? 성인 비디오에 나오는 관람차도 그래. 그 안에서 아무 일도 일어나지 않는다는 것은——."

"야, 더 이상은 말하지 마."

사루가야가 모처럼 잘되고 있는 분위기를 다 망치려고 했을 때 마사이치가 그를 막아줬다. 그리고 이어서 말했다.

"먼저 관람차를 타는 것도 좋지 않아? 지금 푸드 코트는 사람이 제일 많은 시간대잖아?"

그렇게 엄호사격을 해줬다. 훌륭해.

"사, 사루가야가, 좋다고 한다면……."

그러면서 마유가 사루가야의 얼굴을 힐끔 봤다.

"나, 나는, 솔직히 말하자면 타보고 싶기는 해. 마유코랑, 관람차."

"좋아! 자, 그럼 가자!"

나는 그렇게 말하고 앞장서서 걸음을 뗐다.

이번 더블데이트에서 마유와 사루가야는 순조롭게 친해지고 있는 것 같았다. 아니, 정확히 말하자면 사루가야가 마유의 진짜 귀여움을 발견해서 호감을 가진 듯했다. 아마도 둘 다 상대를 전혀 모르기 때문에 발전 가능성이 있는 거겠지…….

지금 관람차를 선택한 것은 저 두 사람의 관계를 진전시키기 위해서이기도 하지만, 실은 나 자신을 위해서이기도 했다.

데이트에서 관람차를 타다니. 아무리 봐도 연인 같은 행동이잖아?

나도 마사이치와 좀 더 그런 기분을 맛보고 싶었다.

3분쯤 걸어서 우리 네 사람은 관람차 밑에 도착했다. 그 시간 동안에 마음을 굳힌 걸까. 사루가야가 마유를 에스코트하면서 먼저 곤돌라로 안내했다.

"계단 있으니까 조심해서 걸어. 아, 물론 떨어지면 내가 목숨 걸고 깔개가 되어줄게."

"아, 안 돼. 나 무겁단 말이야."

"걱정하지 마. 그게 오히려 나한테는 상이야, 상."

"상이라고?"

그들은 그런 대화를 나누면서 곤돌라에 탔다.

우리도 그 뒤를 이어 계단을 올라갔다. 직원의 지시대로 다음에 온 곤돌라에 들어갔다.

우선 마사이치부터.

2인용 좌석이 마주 보는 형태로 두 개 설치되어 있었다.

나도 마사이치를 뒤따라 들어가서──먼저 앉은 마사이치의 오른쪽에 나란히 앉았다.

"어? 뭐야."

마사이치가 말했다.

"응?"

나는 일부러 고개를 갸웃거렸다.

"아, 아니, 왜 옆에 앉아?"

"그야 우리는 커플이니까."

내가 생긋 웃자 마사이치는 뻣뻣한 동작으로 자세를 바로 했다. 그리고 뒤쪽 창문 밖으로 힐끔 시선을 던졌다. 우리보다 먼저 가는 마유와 사루가야의 곤돌라를 보는 것이었다.

"지, 지금은 아무도 우리를 안 보잖아? 저, 저거 봐. 저 두 사람의 시선도 닿지 못하는 각도야."

그는 그렇게 말했다.

평소 같으면 아까처럼 '치─' 하고 부루퉁한 표정을 지었겠지만, 그때 나는 이미 다음 계책을 생각해두고 있었다.

관람차는 막힘없이 올라가서 현재 시계의 9시 방향을 지나가고 있었다.

"마, 마사이치, 이거 꽤 높다. 무서워."

나는 창밖을 슬쩍 보고 나서, 옆에 있는 마사이치의 팔에 매달리듯이 몸을 붙였다.

후후후, 이 정도면 커플답게 자연스럽게, 연인의 거리감으로 가까워진 게 아닐까?

이대로 팔짱을 낄 수는 없을까. 운이 좋으면 마사이치에게 기대듯이 몸을 맡기고——. 둘이 나란히 앉아서 그런 짓을 하는 커플을 나는 시내에서 여러 번 본 적이 있었다.

머리로 생각해봤자 소용없다. 나는 즉시 실행에 옮기려고 마사이치 표정을 살펴봤다.

마사이치의 상태가 이상하다는 것을 눈치챈 것은 바로 그때였다.

"……왜 그래?"

그는 나에게 팔을 잡힌 채 가만히 딱딱하게 굳어 있었다. 그 시선은 곤돌라 안의 허공을 보는 것 같았다. 이마에는 땀이 송골송골 맺혀 있었다.

"미, 미안. 불쾌했어?"

내가 손을 떼자, 마사이치는 고개를 옆으로 열심히 흔들었다.

"부, 불쾌하진 않은데……."

"정말? 하지만…… 너 어디 아파?"

"아니, 그것도 아니지만……."

으음, 아무리 봐도 컨디션이 안 좋아 보이는데…….

"너무 무리하지는 마. 아, 저거 봐. 바깥 풍경이 진짜로 멋져. 곧 정상에 도착할 것 같아!"

난처해진 나는 어떻게든 마사이치의 기분을 풀어주려고 그런 말을 했다. 그랬더니.

"으, 응."

마사이치는 동의를 해줬지만…… 이상하게도 창밖을 전혀 보려고 하지 않았다.

"저기 봐, 멀리까지 잘 보여! 아름답네!"

"응……."

역시 그랬다. 마사이치는 바깥을 보지 않는다.

"어……, 마사이치. 혹시 무서워?"

내가 무심코 그렇게 물어봤더니.

"그, 그럴 리가 있겠냐."

마사이치는 당황한 것처럼 나를 홱 돌아보면서 부정했다. 깜짝 놀란 나는 반사적으로 좌석을 손으로 짚었다. 그 반동으로 곤돌라가 흔들렸다.

"우와, 앗, 자, 잠깐만."

마사이치는 당황한 소리를 냈다. 자리에 앉아 있는데도

갑자기 균형을 잃은 것처럼 그의 상반신이 이리저리 흔들렸다. 그는 뭔가 붙잡을 것을 찾는 것처럼 손으로 몇 번이나 허공을 휘젓다가 가까스로 내 어깨를 잡았다.

"……무섭구나?"

나는 아마도 놀라움을 숨기지 못한 표정으로 마사이치를 쳐다봤을 것이다.

——이건, 말도 안 돼…….

관람차가 무서운 걸까, 아니면 높은 곳을 싫어하는 걸까.

그것이 의외라든가…… 그런 문제가 결코 아니었다. 마사이치에게 그런 약점이 있다는 것을 내가 지금까지 몰랐다는 사실에 나는 충격을 받은 것이었다.

"무서운 게 아니야, 불편한 거야. 높은 곳이."

"둘 다 비슷한 거 아냐……?"

"이건 고소불편증이라는 거야."

"억지로 이름까지 바꿨네?! 아니, 잠깐만, 대체 언제부터? 난 전혀 몰랐는데?"

마사이치를 다시 똑바로 보면서 나는 그렇게 물어봤다.

"잠깐, 움직이지 마! 흔들리잖아. ……원래 높은 곳에는 가볼 기회가 거의 없었으니까. 뒤늦게 알게 된 거야. 중학교 수학여행에서 어느 유명한 전망 타워에 올라갔는데, 그때 경치를 보니까 갑자기 다리가 떨리면서 속이 뒤집히더라고. 그래서 화장실에 가서 토했거든. 그다음부터는 높은 곳에서 경치를 보면 오한이 나게 되었어. 뭐, 그래도 일상 생활에는 지장이 없고, 일부러 높은 곳까지 가서 시험해본 적도 없었는데. 역시 나는 진짜로 이런 체질이었나 봐."

마사이치는 부끄러운지 뺨을 긁적거리면서 말했다.

"그랬구나……."

전혀 몰랐다.

"내가 이렇게 높은 곳에 올 기회는 거의 없고, 약간 지저 분한 내용이라서 굳이 이야기하지는 않았던 건데……."

마사이치는 그렇게 고백했다.

"하, 하지만, 그럼 왜 관람차에 타자고 했을 때 넌 거부 하지 않았던 거야?"

"……그건, 네가 마유코와 사루가야를 위해 생각해낸 아 이디어였으니까."

"아……."

그냥 거절하면 됐을 텐데. 나는 그 한마디를 목구멍 속 으로 삼켰다. 마사이치는 나를 위해 노력해준 것이었다.

"그리고 이 관람차는 작아 보여서 괜찮을 것 같다고 생 각했어."

"판단을 잘못한 거야?"

"어느 정도 높이까지 올라가면 다 똑같은가 봐. 높은 곳 은 높은 곳이었어."

식은땀을 흘리면서도 마사이치는 싱긋 웃었다. 그 표정

을 본 나는 조금이나마 안심했다.

"그렇구나. 그럼 내가 밑에 내려갈 때까지 위로해줄게."

나는 그렇게 말한 뒤 다시 마사이치의 팔을 잡았다. 그리고 나머지 한 손을 내밀어 마사이치의 머리를 가볍게 쓰다듬어줬다.

노력을 많이 했구나. 고마워.

마사이치는 "아, 뭐야"라고 말했지만, 그래도 곤돌라가 흔들리는 게 무서웠는지 내 손을 뿌리치거나 하지는 않았다. 실은 지상까지 얼마 안 남았다는 사실은 비밀로 해두자. 미안하다고 생각하면서도 나는 그에게 가까이 붙어서 무의식중에 후훗 하고 웃었다.


──실은 좀 기뻤다.

우리 사이에도 아직 모르는 것이 있었다니.

처음에는 놀랐지만, 내가 몰랐던 마사이치를 알게 되었으니까. 새로운 마사이치를 볼 수 있었으니까. 이제 막 사귀기 시작한 초보 커플은 아닐지라도, 우리에게도 아직 발전 가능성이 있다는 뜻이니까──.


이윽고 곤돌라가 탑승구에 도착했다. 창밖에서 마유와 사루가야의 모습이 보였다. 나는 얼른 마사이치의 머리에서 손을 뗐다.

이유가 뭘까. 그냥 이 행동을 계속하면서 쟤들에게 보여 줘도 됐을 텐데.

지금 내가 했던 것은 남에게 보여주기 위한 이른바 연인 작업이 아니었다. 내 뇌가 순간적으로 그런 판단을 했나 보다.

이리하여 많은 일이 있었지만, 어쨌든 최초의 더블데이 트 목장 편을 우리는 무사히 클리어 하는 데 성공했다.

버스를 타고 우리 동네 역까지 돌아온 우리는 어느 목적지로 향하고 있었다.

네 명이 줄줄이 걸어가고 있었다…….

……뭔가 이상하다. 더블데이트는 끝났다. 분명히 그럴 텐데. 드디어 마유코의 압박에서 벗어나, 집에 돌아가 내 방에서 편하게 쉴 수 있다고 생각했는데.

우리는 아직도 4인 파티 체제로 행동하고 있었다.

이 사건의 발단을 떠올려봤다.

관람차에서 내린 후 우리는 잔디 썰매나 양궁 같은 것을 하면서 즐겁게 놀았다. 그때 틈틈이 연인 작업을 하려고 노력했는데, 미니 자동차를 타고 놀 때는 완전히 시합 참가자 기분(목적은 빠른 주행)이 된 나와 토이로가 각자 티켓을 한 장씩 사려고 하다가 "2인승인데 같이 안 타?"라고 마유코의 지적을 받기도 했다. 즉, 마무리가 허술한 면을 보여주고 말았다.

아무튼 그렇게 목장의 시설을 거의 다 둘러보고 즐긴 다음에 우리는 푸드 코트에서 점심을 먹었고──그 자리에 눌러앉아 편히 쉬었다.

식후의 만복감, 또 오랜만에 이렇게 많이 걸어 다녀서 생긴 피로감. 그런 것 때문에 좀처럼 움직일 기분이 나지 않았다. 아마 다들 똑같았을 것이다. 우리는 30분쯤 대충 시간을 보냈다. 가끔 무의미한 잡담이나 하면서 스마트폰을 만지작거리는 시간이 이어진 것이다.

그 상황에서 사루가야가 입을 열었다.

"2시가 넘었네. 왠지 이대로 헤어지는 것도 좀 아쉽지 않아?"

저마다 스마트폰을 보다가 얼굴을 들었다.

"맞아, 맞아. 그럼 어쩔래?"

마유코가 그런 식으로 반응하자.

"여기는 이미 전부 다 봤잖아? 일단 버스를 타고 역까지 돌아가야 할 것 같은데—."

그러면서 토이로가 스마트폰으로 검색을 하기 시작했다.

자연스럽게 지금부터 또 어딘가로 놀러 가는 분위기인 듯했다. 그 이야기를 듣고 내 마음속의 게으름에 불이 붙었다. 싫어. 난 이 자리에서 떠나고 싶지 않아.

이미 내가 이렇게 지쳐 있는데도 "노래방은 어때?" "쇼핑은?" 같은 대화가 오가고 있었다. 그런데 그 무엇도 '이거다!' 싶을 정도로 마음에 들지는 않나 보다. "으음" 하고 고민하는 소리가 들려왔다.

"아, 나한테는 신경 쓸 필요 없는데. 알지? 어디든 따라

갈게."

일단 나는 그렇게 말을 해뒀다.

노래방도 일단, 내가 일반인 앞에서 부를 수 있는 노래가 조금씩 늘고 있었다. 요즘 나오는 애니메이션 오프닝에서는 추억의 J-POP이 사용되는 경우가 많아졌기 때문이다. 뭐, 실은 사루가야와 토이로는 애니메이션을 좋아한다는 것은 알고 있으니까, 이번에는 애니메이션 팬 파벌이 더 우세하지만.

"더블데이트라는 형식에 너무 집착하면 결정을 못 할지도 몰라——."

토이로가 그렇게 말하자, 사루가야가 짝 하고 손뼉을 쳤다.

"그럼 마유코가 가고 싶은 곳으로 정하자, 응? 오늘의 기획자는 마유코니까."

"어, 뭐? 나?"

갑자기 지명되자 놀라서 약간 이상한 목소리를 내는 마유코.

모두에게 주목받으면서 "어, 그게, 그러니까……" 하고 이리저리 눈을 굴렸다.

그때 사루가야가 느긋하고 침착한 음성으로 말을 걸었다.

"고민할 거 없어. 마유코, 네가 좋아하는 곳으로 가자. 난 네가 평소에 뭐 하는지 알고 싶거든."

"사사사, 사루가야, 너, 나에 대해 알고 시펌?!"

말하다가 마지막에 음 이탈이 나버린 마유코. 패닉 상태에 빠진 것처럼 그 시선이 우왕좌왕했다.

"아, 내, 내가 뭐, 이상한 말이라도——."

사루가야도 똑같이 당황하기 시작했다. 그런데 그때 마유코가 살짝 턱을 당기면서 고개를 좀 숙이고 생각에 잠겼다.

"내가, 좋아하는 곳……."

그리고 눈알을 굴려 귀엽게 우리 세 사람을 쳐다보더니 조그맣게 중얼거렸다.

"그, 그러면, ……화…… 페……."

"응?"

잘 안 들려서 토이로가 다시 물어봤다.

그러자 마유코는 큰 소리로 이렇게 외쳤다.

"마, 만화 카페에 가고 싶어!"

그 뺨은 은은한 분홍빛으로 물들어 있었다.


마유코가 자주 다니는 만화 카페가 마유코의 집 근처에 있다고 하는데, 거기까지 가기는 어려워서 우리는 역 근처에 커다란 간판을 내걸고 있는 PC&만화 카페 체인점에 들어가기로 했다.

『오, 마유코는 만화 카페를 좋아하는구나?』

마유코가 가고 싶어 하는 곳을 들은 사루가야는 그렇게

말했다.

『왜? 이, 이상해……?』

『아니, 아냐. 좋잖아? 만화 카페. 그런데 너는 왜 좋아해?』

『나, 나는, 원래 만화를 꽤 좋아하거든? 그러니까, 그……. 순정 만화? 같은 거……. 다양한 만화를 읽어보고 싶은데, 그걸 전부 다 모으려면 끝이 없으니까. 그래서 내 용돈을 거의 다 만화 카페에 바치면서 열심히 다니고 있는데…… 아, 저기, 놀리진 말아줘.』

아마도 마유코는 자신이 '순정 만화 팬'이라는 부분에서 부끄러움을 느끼는 것 같았다. 하기야 소년 같은 말투와 행동이 눈에 띄는 평소의 마유코에게는 순정 만화가 안 어울릴지도 모른다. 그러나 나는 사루가야 앞에 있을 때의 마유코, 사랑에 빠진 소녀 버전의 마유코를 이미 봤다. 사랑을 동경하는 소녀가 연애 만화를 좋아하는 것은 자연스러운 일이다.

고로 내가 마유코를 놀릴 이유는 당연히 없었다. 오히려 괜히 마음이 흐뭇해졌다. 귀여워서 팬이 될 것 같아.

버스 정류장에서 5분쯤 걸어서 우리의 목적지인 만화 카페에 도착했다.

"난 만화 카페에는 처음 와보는데, 재미있겠다."

옆에 나란히 선 토이로가 들뜬 목소리로 그렇게 말을 걸었다.

"정말? 의외네."

"마사이치, 넌 가본 적 있어?"

"어, 가끔. 수학여행의 자유시간에도 가봤어."

"······그 자유시간에 주어진 자유를, 그렇게까지 자유롭게 구가하는 사람은 처음 봐."

토이로가 어쩐지 슬퍼 보이는 눈빛으로 나를 쳐다봤다. 내게는 무척 충실한 시간이었으므로 전혀 신경 쓰지 않았는데······. 학교 행사 도중에 만화책을 읽다니, 오히려 득을 본 듯한 기분이었다.

넷이서 가게 안에 들어가 카운터에서 설명을 들었다.

그때 한 가지 문제가 발생했다.

"네 분이 앉으실 수 있는 방이 없어서요. 이쪽의 오픈형 좌석에 나란히 앉으셔야 하는데요······. 저, 그런데 다른 손님분들도 계시니까 조용히 해주시길 바랍니다."

누님 같은 여직원의 말로는 이 가게에는 네 명이 한꺼번에 들어갈 수 있는 개별 공간은 없다고 한다. 오픈형 좌석이란 것은 학원이나 도서관의 자습실처럼 사람들이 옆으로 나란히 각자의 책상 앞에 앉는 타입의 좌석이다. 사이에 칸막이가 있는지 없는지는 가게에 따라 다르지만 어쨌든 옆 사람과의 거리는 기본적으로 가깝다. 네 명이 나란히 앉는 것은 가능할 테지만, 직원이 말했듯이 다른 손님이 같은 공간에 있게 된다. 주위도 조용하기에 시끄럽게 떠들기는커녕 평범한 성량으로 대화하기조차 어려울 것 같았다.

자, 그럼 어떻게 할까.

내가 그런 생각을 하고 있을 때였다. 접수 카운터 아래쪽에 게시된 시스템 표를 보면서 토이로가 입을 열었다.

"저기, 그럼 이 2인실은 어때? 두 명씩 갈라져서."

그 말에 마유코가 신음하듯이 놀란 소리를 냈다. "뭐?"란 말이 굵직하게 튀어나왔다.

"자, 자자, 잠깐, 잠깐만. 아, 아무리 그래도 두 명은 좀 그렇잖아. 2인실이란 것은 개별 공간인데……. 아, 저기, 사루가야의 말을 빌리자면 오늘 우리는 더블데이트를 하는 거잖아? 우리가 따로 떨어지면 더 이상 더블이라고 할 수 없지 않을까."

마유코가 토이로를 향해 그렇게 열심히 말했다.

"관람차에서도 둘이 있었잖아?"

"그게 실은 위험했었다고나 할까! 심장이 두근거려서 죽는 줄 알았다고나 할까! 그건 그래도 시간이 짧아서 겨우 살아남았지만, 만화 카페에서는 안 돼. 게다가 완전히 개별적인 공간이잖아."

아무래도 아까 그 관람차에서는 바로 옆 곤돌라의 분위기도 장난이 아니었나 보다. 아니, 이쪽도 실은 꽤 위험한 상황이었지만.

끝까지 숨길 작정이었는데 금방 나의 고소불편증을 들키고 말았다. 더구나 그 상황은 토이로가 내 머리를 쓰다듬는 사태로 발전해버렸다. 아마도 연인 작업이었을 테지만, 그때도 우리를 보는 사람은 아무도 없었을 텐데…….

"그래? 하지만 여기서는 넷이서 재미있게 놀기 어렵잖아. 모처럼 여기까지 왔는데, 어쩌지?"

토이로의 그 말에 마유코는 고민하는 듯했다. "윽, 하지만……"이라고 조그맣게 중얼거리는 마유코.

그때 사루가야가 입을 열었다.

"한번 가보지 않을래? 마유코, 난 네가 추천해주는 만화를 읽어보고 싶어."

"뭐, 추천……? 수, 순정 만화인데?"

"응, 재미있을 것 같아. 실은 나도 슬슬 보급해야겠다고 생각했거든. 두근거림을."

사루가야는 대사를 읊다가 마지막에는 머리카락을 가볍게 쓸어 올리면서 멋지게 윙크했다. 뭐 하는 짓이야.

그걸 본 마유코는 황홀해하는 눈빛으로 "으, 응. 두근거림이 한가득, 이야"라고 하면서 고개를 끄덕거렸다. 이건 또 뭔데.

가끔 부끄러워하기는 해도 사루가야는 마유코와 단둘이 있는 상황을 적극적으로 받아들이고 있었다. 그 덕분에 의견이 잘 종합됐다.

우리는 두 사람씩 갈라져서 2인실을 두 군데 빌리기로 했다.

나 혼자 올 때는 늘 오픈형 좌석만 빌렸었다. 그래서 과연 어떤 방일지 조금 기대가 되었다.

카운터의 누님한테서 계산서가 끼워져 있는 클립보드를 받았다. 우리는 거기에 적혀 있는 번호의 방으로 이동했다. 도중에 있는 음료 코너에서 각자 마실 것을 준비하고, 거기서 사루가야&마유코와 헤어지게 되었다.

"우리 방은 이쪽인가 봐. 그럼 마사이치 나리, 나중에 보자."

"응. 두 시간 후에는 퇴실이야."

"알아. 그리고——."

사루가야가 나에게 가까이 다가와 귓속말을 했다.

"——너무 폭주하지는 마, 알았지?"

"아니, 그 말은 고스란히 너한테 돌려줄게."

나는 그렇게 말하면서도 실은 오늘의 사루가야에 대해서는 그런 걱정은 할 필요가 없다고 느꼈다. 사루가야 저 녀석은 분명히 적극적이긴 하지만, 그래도 이야기를 할 때의 표정이나 마유코를 배려하는 방식 같은 것에서는 신기하게도 좀 긴장한 기색이 느껴지는 것이다.

음료수를 들고 가게 안을 걷다가 나와 토이로는 우리 방에 입실했다. 들어가 보니 왼편 안쪽에는 길쭉한 테이블이 설치되어 있었고, 그 위에 컴퓨터와 전기스탠드가 놓여 있었다. 소파는 없지만, 그 대신 바닥 전체에 까만색 가죽 매트 같은 것이 쫙 깔려 있었다. 그리고 큼직한 쿠션이 두 개 놓여 있었다.

"우선 만화책을 가지러 갈까?"

바닥에 다이빙해서 데굴데굴 굴러다니며 꼼짝도 안 하게 된 토이로의 모습이 저절로 눈앞에 떠올랐다. 그래서 나는 선수 쳐서 그렇게 말했다.

"응! 마사이치, 나한테도 네가 추천하는 작품을 가르쳐 주지 않을래……?"

"으, 응. 신작 중에서 재미있어 보이는 게 몇 개 있었으니까 한번 찾아볼게."

토이로가 뜬금없이 귀엽게 나를 쳐다보면서 의문형으로 말하는 바람에 나는 당황하면서도 그렇게 대꾸했다. 갑자기 왜 이래. 토이로답지 않게 귀여운 척을 하는 건가……?

참고로 나는 주간지 같은 것에 실리지도 않는 만화의 신작도 인터넷에서 검색해 체크하는 것이 평소의 일과였다. 앞부분의 몇 페이지는 무료로 공개되는 경우가 많다. 그게 참 고마웠다.

샘플을 봤을 때 재미있었던 작품의 1권을 그다음에는 이런 곳에서 읽어보고, 마음에 들면 사 모으기 시작한다. 그런 패턴이 몇 번 되풀이되기도 했다.

신발은 신은 채 음료수만 테이블에 놔두고, 나는 다시 걷기 시작했다. 토이로가 그 뒤를 졸랑졸랑 따라왔다. 둘이서 책장들이 늘어서 있는 코너로 들어갔다.

"우와, 뭐야? 이 환상적인 공간은. 이거 전부 다 읽어도 되는 거야?"

토이로가 반짝반짝한 눈동자로 주위를 둘러봤다.

"당연하지. 돈을 냈으니까."

"이렇게 많은 만화책을 마음껏 읽어도 되고, 음료수도 마음껏 마셔도 되고, 방에서 잠도 마음껏 자도 되고. 그런데도 이 가격이라고? 호텔보다 더 좋은데?"

"그래, 너라면 하고 싶은 일 목록에 수면도 들어갈 줄 알았어."

토이로의 경우에는 '마음껏 잠자기'를 즐기기 시작하면 나머지 두 개의 '마음껏'은 완전히 의미를 잃어버릴 위험이 있었다. 아니, 심지어 쿨쿨 자다가 시간을 초과해 100% 추가 요금을 내야 할 가능성도 있었다.

"오늘은 제대로 만화책을 읽자, 응?"

"그래! 오늘은 안 잘게! 절대로! 잠들면 죽는 거야!"

"설산의 가르침이야?!"

나는 신작 코너와 화제작 코너를 체크하다가 만화책 몇 권을 꺼냈다. 토이로는 나의 추천을 받으면서도 또 개인적으로도 몇 권을 골랐다. 우리는 둘이 합쳐 열 권의 만화책을 들고 방으로 돌아갔다.

나는 다리를 쭉 뻗고 벽에 기대어서 당장 가져온 만화책을 읽기 시작했다.

옆에서는 토이로가 비슷한 자세를 취하고 있었다.

같은 공간에 있으면서도 각자 다른 만화책에 몰두한다는 것은, 평소 내 방에 있을 때와 마찬가지였다.

"…………."

"…………."

둘 다 말이 없었다.

그런데…… 이유가 뭘까. 평소처럼 만화책에 집중할 수가 없었다.

책상에 놓여 있는 전기스탠드의 불빛에만 의지하는 좀 어두운 공간. 딱딱하고 차가운 검은색 가죽 매트. 실내복이 아닌 옷을 입고 이렇게 편안하게 늘어져 있으니…… 왠지 옆에 있는 토이로를 강하게 의식하게 되었다.

게다가 뭔가 좀, 나와 토이로의 거리가 평소보다 가까운 것 같았다.

내 방에서도 둘이 함께 침대에 누워서 만화책을 읽거나 스마트폰 게임을 해본 적은 있다. 그런 때도 가끔 서로 몸이 부딪칠 정도로 가까이 있긴 했지만……. 그러나 지금 우리가 있는 이 2인실은 적당히 넓어서, 이보다는 좀 더 여유롭게 있을 수 있었다. 그런데 왜 이렇게 내 옆에 딱 붙어 앉은 걸까.

팔꿈치로 슬쩍슬쩍 토이로의 팔을 찔러봤다. 그러자 토이로가 힐끗 이쪽을 보더니 꼬물꼬물 엉덩이를 움직여 좀 더 이쪽으로 거리를 좁혀왔다. 대체 왜?! 좁아, 좁다고.

내가 그 점을 지적하려고 했을 때, 토이로가 다시 만화책에서 고개를 들고 말했다.

"있잖아, 조금 춥지 않아?"

"뭐? 춥다고?"

내가 되물어보자 토이로는 끄덕끄덕 고개를 움직였다.

"이대로 잠들면 죽어."

"아, 나왔구나. 설산 이론. 아니 뭐, 냉방이 조금 세긴 한데……."

"그렇지? 반소매라 좀 춥다."

토이로가 "얍" 하고 벽에 기대었던 등을 뗐다. 그리고 컴퓨터가 놓여 있는 테이블을 향해 무릎걸음으로 이동했다. 그 테이블 밑에 있는 바구니 속에서 복슬복슬한 기모 원단의 하얀색 덩어리를 꺼냈다. 둥글게 뭉쳐놓은 그것을 넓게 펼쳤다.

"이거 봐. 역시 이건 담요였어."

"아, 그런 게 준비되어 있었어?"

내가 그렇게 말하자 토이로가 의기양양한 표정을 지었다.

"아까부터 테이블 밑에서 이게 보여서. 신경 쓰였어."

토이로는 꼬물꼬물 무릎걸음으로 다시 내 옆으로 돌아왔다.

"자, 그럼 같이 덮을까? 이 담요."

"그럼은 무슨 그럼이야. 난 필요 없어."

"왜? 그러다 죽는다?"

"안 죽어. 이 정도 추위라면, 아무리 심해봤자 감기만 걸리고 끝나."

"감기도 걸리면 안 되잖아."

그러더니 토이로는 내 옆에 앉아서 넓게 펼친 담요를 우리의 허리 아래쪽에다 걸쳐놨다.

"……좁거든?"

그 담요가 생각보다 작았다. 두 사람이 아슬아슬하게 들어갈 만한 크기라서 조금만 움직여도 몸이 밖으로 나와 버렸다. 상당히 불편했다.

그러나 토이로는 "자, 이제 안심해도 돼!"라면서 기뻐하고 있었다.

애초에 돈을 냈으니까 여기서 잘 생각은 없는데…….

아, 그러고 보니 시간은 제한되어 있었다. 그것을 떠올린 나는 다시 판타지 세계로 돌아가려고 만화책을 펼쳤다.

"…………." "…………."

토이로도 나처럼 만화책을 읽기 시작했는데…….

우리 둘의 거리가 너무 가깝다 보니, 페이지를 넘기는

사소한 움직임으로도 팔이 부딪치기도 하고, 약간만 움직여도 서로 발가락이 닿기도 하고, 토이로의 머리카락 끝이 콕콕 내 피부를 찌르기도 하고. 심지어 에어컨 바람이 닿는 것조차 신경 쓰이게 되었다.

——역시 집중이 안 돼.

만화책을 읽으면서도 나는 힐끔힐끔 토이로를 살펴보고 있었는데, 그때 갑자기 토이로가 이쪽을 돌아봤다.

"그거 재미있니?"

"응? 아, 응. 어느 유명한 상의 대상을 수상한 작품이야. 발행 부수도 꽤 많고. 전에 샘플을 보고 나서 쭉 그다음을 읽어보고 싶었는데, 그동안 기회가 없어서. 아무튼 조금만 읽어봐도 재미있을 것 같은 분위기가 마구 느껴졌거든."

"오, 뭔가 굉장한 것 같은데?"

토이로가 이쪽으로 몸을 기울여 내가 읽고 있는 페이지를 들여다봤다.

목장에서 움직이면서 땀을 흘려서 그런가. 어느 틈에 땀 억제제라도 사용했나 보다. 한여름의 잔향 같은 산뜻한 감귤 향이 이쪽으로 확 퍼졌다.

이렇게 같이 만화책을 읽는 것도 내 방에서는 자주 하는 짓이었다. 그러나…….

"아~ 좀 어두워서 글씨가 잘 안 보이네~."

……국어책 읽는 듯한 말투. 꾸며낸 말투 같았다.

으으응? 하고 눈을 크게 뜨면서 토이로가 내 몸에 착 달라붙었다. 얇은 티셔츠 너머에 있는 신체의 부드러움이 고스란히 전해져 왔다. 나는 움찔, 몸을 딱딱하게 경직시켰다. 결국 못 참고 토이로에게 말을 걸었다.

"이, 이건, 연인 작업이야?"

토이로가 나를 봤다. 가까이에서 보는 토이로의 얼굴에 저절로 가슴이 두근거렸다.

토이로는 무슨 생각을 하는지 몰라도 말없이 나를 물끄러미 응시하고 있었다. 그 깊은 눈동자 속으로 빨려 들어갈 것 같았다. 그때 토이로가 입을 살짝 움직였다.

"──이건…… 진짜 연인 작업이야."

지, 진짜 연인 작업?

"그, 그게 뭔데."

"됐으니까 신경 쓰지 마."

신경 쓰지 말라니, 그렇게 말씀하셔도…….

진짜, 연인 작업. 그러고 보니 오늘, 아니 최근 들어 토이로의 상태가 좀 이상하다고 느끼긴 했다. 그동안 해본 적 없었던 적극적인 스킨십을 시도하기도 하고, 누가 보지도 않는 곳에서 연인 작업을 시작하기도 하고.

……진짜 같은 연인 작업이라는 건가?

"에이, 됐으니까. 같이 만화책이나 읽자!"

"뭐? 앗!"

내가 손에 든 채 덮어뒀던 만화책을 토이로가 펼치려고 했다.

"어라? 뭐야, 아직도 거의 첫 부분이네."

집중이 되지 않아서 전혀 읽지 못했다.

"나도 처음부터 같이 읽고 싶어."

"저, 정말로 같이 읽으려고?"

"응!"

"그럼 일단 아까처럼 앉자. 이 자세는 힘들어."

"알았어!"

토이로는 순순히 대답하더니 즉시 몸을 일으켜 똑바로 앉았다.

내가 만화책을 다시 펼치자, 토이로가 이쪽으로 어깨를 가까이 붙이면서 책을 들여다봤다. ……뭐, 아까보다는 나은가.

"앗, 이 여자애 캐릭터 귀엽다."

토이로가 조그맣게 중얼거렸다.

"그렇지? 하지만 외모만 보고 좋아하는 것은 관두는 게 나아."

"어, 왜? 여주인공 아니야?"

"보면 금방 알아."

나는 그 말만 남기고, 조급해지는 것을 꾹 참으면서 페이지를 넘겼다.

"헉?! 잡아먹혔잖아?!"

"응, 그렇다니까……."

"이 괴물은 뭔데?! 저기, 여주인공은?"

"여주인공이 5초 만에 퇴장했다고 화제가 됐었어. 이 만화는. 실은 이것도 무슨 복선이라고는 하는데, 나도 거기까진 안 읽어서 몰라."

"우와, 더 읽자, 빨리!"

토이로가 재촉하자 나는 또다시 페이지를 넘겼다.

만화책을 읽어 나가면서 멍하니 생각했다.

둘이서 한 권의 만화책을 같이 읽고 있으니까 어쩐지 내가 지금 집에 있는 듯한 착각에 빠질 것 같았다.

이렇게 되면 역시 평소와 다름없는 토이로구나.

하지만 왜 갑자기 진짜 연인 작업인지 뭔지를 시도한 걸까…….

그런 의문은 어느새 만화의 강렬한 스토리에 사라졌다.

☆

만화책 한 권을 다 읽고 나서 우리는 잠시 휴식을 취했다.

마사이치가 음료수를 가져온다고 하고 방 밖으로 나갔다.

나는 앉아서 담요를 덮은 채 "으응—!" 하고 마음껏 기지개를 켰다. 그리고 몸의 힘을 쭉 빼면서 휴 하고 깊은 한숨을 내쉬었다.

——이건 연인 작업이야? 라니. 마사이치는 역시 센스가 없다니까. 없어도 너무 없어.

분위기를 망치고 싶진 않은데…….


처음부터 나는 비밀 목표를 세워놓고 이 더블데이트에 임했다.

——진짜 커플이 어떤 것인지 맛보고 싶다. 그리고 마사이치를 좀 더 가슴 두근거리게 만들고 싶다.

평범한 연인들이라면 사전 협의나 확인 따위는 하지 않을 것이다. 그렇다면 자유롭게 적극적으로 연인 같은 행동을 해야지! 하고 마음먹었다.

목장에서도 이런저런 일을 시도해봤지만, 아직 반응이 신통치 않았다. 그래서 만화 카페에서 이 실패를 만회하려고 그에게 가까이 다가가거나 같이 담요를 덮거나 했는데——.

어두워서 글씨가 잘 안 보이는 척하면서 일부러 마사이치의 몸에 착 달라붙었을 때는, 심장이 너무 세게 뛰어서이제 곧 죽는 줄 알았다.

돌이켜보니 부끄러웠다. 나는 무의식중에 다리를 버둥거리고 말았다.

끝에 가서는 만화가 재미있어서 순수하게 만화에 몰두했지만…….

나는 마음을 진정시키려고 심호흡을 했다.

일단 내 나름대로 노력은 했다고 생각한다.

그런데 나도 참, 어휴. 진짜 연인 작업이라니, 그게 뭐야.

어떻게든 얼버무리고 넘어가긴 했는데, 마사이치도 '이 녀석이 이상한 짓을 하네'란 눈으로 나를 쳐다봤었다…….

글쎄, 과연 어떨까.

마사이치도 조금은 가슴이 두근거렸을까?

나는 그런 생각을 하면서 벽에 기대었다.

나답지 않게 일찍 일어나서 또 나답지 않게 활동적으로 돌아다녔기 때문일까. 왠지 오늘은 피곤했다. 기분 좋은 피로감이 느껴졌다.

나는 또다시 크게 기지개를 켰다.

빨리 만화책을 이어서 읽고 싶은데.

마사이치는 언제 오는 걸까.

어렴풋이 그런 생각을 하면서 나는 마사이치를 기다렸다.


\*

잠시 쉬려고 나는 방에서 나와 자판기로 갔다.

음료수를 리필하는 척, 잠시 혼자 있고 싶었다.

——토이로, 저 녀석. 왜 저러는 거야?

돌이켜봐도 역시 오늘은 이상하리만치 우리의 거리가 가까웠다. 적극적이었다. 더구나 아무도 없는 곳에서도 연인 작업을 계속하려는 것 같았고…….

오늘 연인 작업은 사전에 협의한 게 아니라 상대가 일방적으로 추진해서, 왠지 평소보다 현실적이고 생생했다.

진짜 연인 작업이란, 그런…….

그렇게 생각에 잠겨 걷다 보니 금방 자판기 앞에 도착했다.

만화 카페의 코스 요금에는 음료값도 포함되어 있었다. 이 자판기는 돈을 넣지 않아도 음료수 주문이 가능하다. 가격에 신경 쓰지 않고 뭐든지 마음대로 선택할 수 있다.

멜론 소다를 살까, 말차라테를 살까. 여기서는 평소에는 안 먹는 단팥죽을 고르는 것도 괜찮을지도……. 앗, 콘수프가 있잖아? 문제는 여기에 옥수수 알갱이가 들어있느냐, 없느냐인데. 한번 시도해볼 만한 가치는 있다. 하지만 그 버튼을 누르려고 하다가도, 아니, 그래도 지금은 차가운 음료수가——라고 망설이면서 손가락을 꼼물거리고 있었는데.

"마조노."

돌연 등 뒤에서 누가 말을 걸었다. 나는 화들짝 놀라 손가락을 쑥 내밀고 말았다. 삑 하고 소리가 나더니 실수로 어떤 음료수가 주문됐다.

허둥지둥 뒤를 돌아봤다. 그곳에는 예상외의 인물──사복을 입은 나카소네가 서 있었다.

"뭐야? 그 반응은."

그러면서 나카소네는 은근히 차가운 눈빛으로 나를 쳐다봤다. 상의는 크고 헐렁한 레오파드 트레이닝복이었고, 하의는 늘씬하고 하얀 다리가 잘 보이는 쇼트 팬츠였다.

"아니, 누가 갑자기 귓가에 대고 말을 걸면 놀라는 게 당연하지. 뭐야? 왜 기척을 숨기고 다가온 거야? 너 닌자야?"

요새는 누가 등 뒤에서 갑자기 나한테 말을 걸어서 깜짝 놀라는 경우가 많은 것 같다. 어째서 다들 살금살금 돌아다니는 걸까.

그런데 나카소네의 반응은.

"뜬금없이 무슨 소리야?"

그저 냉정하기만 했다. 나카소네 씨, 그런 점이 문제라고요…….

"만화 카페에서 큰 소리로 말할 수는 없잖아?"

"그건 그렇지만."

삐비비빅 소리가 났다. 나는 완성된 음료수를 자판기에서 꺼냈다. 하필이면 뜨거운 커피가 나오다니…….

나카소네는 살짝 둥글게 말린 머리카락을 손가락으로 가볍게 만지작거리면서 주위를 두리번두리번 둘러봤다.

　　"왜, 누구 찾아?"

　　내가 그렇게 물어본 순간, 눈앞의 통로에서 사루가야가 비틀거리면서 이쪽으로 걸어왔다.

　　"마사이치 나리이, 살려줘어."

　　"뭐야, 왜 그래?"

　　내가 놀라서 물어봤더니.

　　"마유코가, 마유코가아, 너무 귀여워어……."

　　여기까지 다가온 사루가야가 흐느적흐느적 힘없이 나에게 기대면서 그런 말을 했다. 야, 더워…….

　　"그래? 잘됐네. 시간 다 될 때까지 마음껏 즐겨."

　　"아니~ 그게 말이지. 귀엽다고 생각하니까 왠지 모르게 긴장돼서. 평소처럼 이야기할 수가 없어. 마치 내가 다른 사람이 된 것 같아. 이런 감각은 처음이라, 뭐라고 설명하면 좋을지 잘 모르겠는데……."

　　'살려줘'란 것은 그런 뜻이었구나.

　　아마도 마유코의 사랑은 좋은 방향으로 진전되고 있는 것 같았다.

　　……이건, 내가 살려줄 필요가 없겠네.

　　"무슨 일이 있나? 하고 와봤더니……. 설마 너희들, 의외로 좋은 분위기인 거야? 세상에……."

나카소네는 눈을 휘둥그렇게 뜨고 사루가야를 쳐다봤다.

"어? 뭐야, 우라라잖아. 신기한 우연……이 아니지? 왜 이런 곳에 와 있어?"

"마유코가 '살려줘'라고 SOS 메시지를 보냈거든. 이 분위기를 견딜 수가 없다고……. 그래서 무슨 일이 있나? 하고, 어차피 집도 가까우니까 한번 상황을 보러 왔는데……."

이건 살려줄 필요가 없다. 나카소네도 아마 그렇게 생각한 것이리라.

"그랬구나. 내가 지나치게 잘생기고 멋진 남자라서, 마유코는 부담감을 못 이기고 항복해버린 건가."

농담처럼 그런 말을 하더니 싱긋 웃는 사루가야.

"그래? 그럼 멋진 남자로서 마유코를 잘 돌봐줘. 걔가 긴장하지 않도록."

"나도 그러고 싶은데……. 이상하게도 평소처럼 행동할 수가 없어."

"평소처럼? 그건 그냥 에로 원숭이 모드잖아……?"

내가 그렇게 말하자, 사루가야는 Non, Non, Non 하고 집게손가락을 흔들었다.

"인간 남성은 모두 다 에로를 바탕으로 번영해온 원숭이인데, 그 이야기는 일단 제쳐두고. 아무튼 여자애를 칭찬하거나 유혹하는 것은 에로 원숭이의 특기 분야이기도 하단 말이야. 그런데 그 능력을 제대로 발휘할 수가 없어."

"……흠, 그래?"

나는 조그맣게 호응해줬다.

"예를 들어 귀엽다고 칭찬한다고 해봐? 그러면 마유코는 '아아아, 아냐'라고 하면서 새빨개진 얼굴로 부끄러워한단 말이야. 그동안 그런 여자애는 만나본 적이 없어. 사실나 같은 놈은 은근히 남들한테 푸대접을 받기도 했거든. 그래서 그, 마유코의 반응이 너무너무 귀여워서……. 순정만화 따위와는 비교가 안 되는, 진짜 치사량에 가까운 두근거림 공격을 당하는 바람에 지금 내가 이렇게 도망쳐 나온 거야."

"……그러냐."

이게 뭐냐. 청춘인가?

나카소네도 어처구니없다는 듯이 한숨을 쉬었다.

"연애해 본 적 없어?"

"나? 신기하게도 그동안 기회가 별로 없었거든. 입만 다물고 있으면 인기 있을 거라는 소리는 자주 들어봤지만."

"아~."

나카소네는 알겠다는 듯이 끄덕였다.

여자에게 항상 적극적으로 말을 거는 사루가야. 그러나 마유코처럼 반응하는 사람은 처음 만났을 것이다. 그래서 당혹감을 느끼는 듯했다.

……참 행복한 고민이구나.

나도 휴 하고 깊은 한숨을 내쉬었다. 이야기는 다 끝난 것 같았다. 따뜻한 커피를 한 모금 홀짝거렸다.

"뭐, 어쨌든 괜찮은 것 같아서 다행이네. 난 만화책이나 읽어야겠다."

그러더니 나카소네가 몸을 돌려 떠나려고 했다.

그런데 의외로 사루가야가 나카소네를 불러 세웠다.

"저기, 잠깐만 기다려봐. 마침 잘됐다. 지금 여기서 이야기 좀 해도 될까? 마사이치 나리도 같이."

"……무슨 일인데?"

이런 때 무슨 볼일이 있는 걸까. 나는 그렇게 생각하면서 물어봤다.

"그거 있잖아, 카스카베 이야기."

"아, 응, 그 이야기?"

그렇게 대답하면서 무의식중에 나카소네를 힐끔 훔쳐봤다.

그러자 나카소네가 입을 열었다.

"계속해봐. 어차피 그 이야기는 나도 사루가야한테 들었으니까."

이번에는 무심코 눈을 가늘게 뜨고 사루가야를 흘겨봤다.

나카소네한테 무슨 이야기를 어디까지 한 거야……?

"아냐, 마사이치 나리. 그냥 좀 물어봤을 뿐이야. 이것저

것 다양한 경로를 통해 조사해봤는데, 신기하게도 카스카베에 관한 이야기는 들을 수가 없었거든. 그 녀석도 우리처럼 자기 동네에서 멀리 떨어진 사립 중학교에 다녔나봐. 그래서 자세히 아는 녀석이 없더라고. 지금 같은 동아리에서 친하게 지내는 녀석한테 물어봐도 '카스카베는 여자를 좋아한다'는 소문 정도밖에 못 들었어. 너도 다 아는 소문이지."

"흐음."

카스카베도 이 동네 중학교 출신은 아닌가 보다. 그런데도 이미 이 학교에서는 친구들에게 둘러싸여 상당히 높은 지위를 차지하고 있는 것처럼 보였다.

"그런데 그 녀석이 여자를 좋아한다는 소문은 있어도, 구체적으로 그 녀석한테 대시를 받았다는 여자애의 이야기는 들어본 적이 없어."

"뭐?"

여자를 좋아한다는 것은 한낱 뜬소문일지도 모른다. 그런 뜻인가?

"자, 이쯤 되면 '우리 학교에서 제일 카스카베를 잘 아는 사람이 누구냐!' 하고 찾아보고 싶어지잖아? 그게 누구일 것 같아?"

누구냐고? 그걸 나한테 물어도……. 나는 잠시 생각해보다가 뭔가를 깨달았다.

"······후나미?"

"맞아. 언제나 카스카베와 같이 있는 그 아이라면 이것 저것 알고 있을 것 같아서, 우라라와 상담을 해봤던 거야."

그렇구나. 대충 무슨 상황인지 알겠다. 그래서 나와 나카소네가 모여 있는 이 타이밍에 이 화제를 꺼낸 거구나.

사루가야 대신 나카소네가 입을 열었다.

"사정은 들었어. 물론 평소에 카에데가 카스카베 이야기를 해주긴 하는데······. 그래도 카스카베의 연애에 관한 이야기가 나오는 경우는 거의 없거든."

"······그건 역시, 토이로가 곁에 있으면 말하기 거북해서 그런 거야?"

카스카베의 연애에 관해 이야기하려면, 그 녀석이 지금 관심을 품은 상대의 이야기까지 튀어나오게 될지도 모른다. 그러면 후나미와 토이로 둘 다 거북해질 것이다.

"뭐, 그것도 있겠지만······. 굳이 따지자면, 카에데가 적극적으로 '카스카베가 좋다'는 이야기를 해대서 그래. 카스카베가 어디가 멋지고 어떤 행동이 다정한지, 뭐 그런 거."

"아하······."

그 이야기만 들어도 후나미가 정말로 카스카베를 좋아한다는 것을 알 수 있었다.

"그 두 사람은 진짜로 안 사귀는 거야? 같이 놀 때는 어떤 분위기야?"

오늘 나와 토이로는 임시 연인으로서, 진짜 커플의 행동을 의식하면서 데이트에 도전했었다. 그것만으로도 소꿉친구로서 놀러 가는 것과는 아예 차원이 다르다는 사실을 충분히 인식할 수 있었다.

진짜 연인처럼 데이트하는 걸까. 아니면 사이좋은 친구들처럼 신나게 노는 걸까.

본인들이 즐겁다면 굳이 거기에 참견할 이유도 없지만……. 다만 그렇게 노는 스타일을 보면, 두 사람의 관계성을 파악할 수도 있을 것이다.

"어떤 분위기인지는 몰라도…… 그 두 사람은 사귀지는 않아. 하지만 서로 좋아하는 것은 틀림없다고 생각해."

"서로? 그럼 카스카베도 좋아한다는 거야?"

잠자코 듣고 있던 사루가야가 불쑥 끼어들었다.

나카소네는 조용히 고개를 끄덕였다.

"그럼, 토이로는?"

내가 그렇게 묻자, 나카소네는 내 눈을 보면서 천천히 입을 열었다.

"카스카베는 카에데와 같이 있으면서도 토이로한테 특별한 감정을 품고 있어. 그건 확실하다고 생각해. 입학한 직후에——너희들이 아직 사귀기 전에 우리가 다 함께 놀았는데, 그때 걔가 적극적으로 토이로에게 접근하는 모습을 본 적이 있거든. 그런데 평소에는 그 호감을 분명히 카에데에게 보여주고 있는 것도 사실이라서⋯⋯. 어쩌면 카스카베의 마음속에는, 깨끗이 처리해야만 하는 감정이 남아 있는 걸지도 몰라⋯⋯."

"⋯⋯그렇구나."

결국 알아낼 수 있는 것은 거기까지가 한계였다.

"또 뭔가 정보가 들어오면 가르쳐줄게. 토이로를 위해서잖아?"

나카소네의 그 말에 나는 잠시 생각해본 다음에 고개를 끄덕였다.

"응, 맞아. 토이로와 함께 움직이고 있어. 나중에 토이로에게도 전해줄게――."


잠깐 나가서 음료수만 가져오려고 했는데, 의외로 시간이 오래 걸리고 말았다. 나는 서둘러 방으로 돌아갔다.

"미안, 늦었지?"

그렇게 말하면서 방문을 열었는데――그때 반사적으로 입을 다물었다.

쿨―― 쿨―― 하고 토이로가 벽에 기대어 자고 있었다.

아마 자기도 모르게 잠들었나 보다. 실컷 놀아서 피곤해진 걸지도 모른다.

나는 조용히 방에 들어가 문을 닫았다.

아직 한 시간은 더 있어야 퇴실 시간이 된다. 깨우기 미안했다.

　나는 발치에 떨어져 있는 담요를 주워, 토이로의 발끝부터 배 위까지 천천히 덮어줬다.

＊

　만화 카페에서 나왔더니 서서히 해가 서쪽으로 기울고 있었다. 석양빛에 물든 역 앞의 광장. 허공에서 금색 알갱이들이 춤추는 것처럼 주위가 반짝반짝 빛나 보였다.

　돌아가는 방향이 다른 사루가야와 마유코, 또 시간 단위 요금으로 입장해서 야무지게 끝까지 만화책을 읽고 나온 나카소네와는 거기서 헤어졌다.

　"어휴, 왠지 손해 본 기분이야. 그 만화는 보고 싶었는데."

　토이로가 입술을 삐죽 내밀고 투덜투덜 말했다.

　"재미있었어. 3권에서는 그 여주인공이——."

　"아—아—앗—! 난 아무것도 안 들려, 안 들려~."

　내 목소리를 가로막듯이 큰 소리로 외치는 토이로. 두 귀를 막는 토이로의 행동을 보고 나는 무심코 웃음을 터뜨렸다.

　"재미있었으니까 끝까지 사서 모아볼까."

　"어, 정말? 나도 도와줄게! 같이 모으자, 응?"

　우리 둘이 같이 돈을 내서 전권을 사 모은 만화책이 내 방에는 몇 종류인가 있었다. 신간이 나올 때마다 "다음은 내 차례야" "이번에는 내 차례지?"라고 말하면서 교대로 책을 사는 것이었다. 단순히 금전적 부담이 반감되기 때문에 나는 이 만화책 수집 방식을 좋아했다.

터벅터벅 느긋하게 걸으면서 주택가로 들어갔다. 토이로는 자고 일어나서 체력이 회복됐는지, 내 보폭에 맞춰 폴짝폴짝 가볍게 뛰듯이 걷고 있었다.

"아, 맞다. 마사이치. 내가 자고 있을 때 담요를 덮어줬지? 고마워."

문득 생각난 것처럼 "앗!" 하는 소리를 내더니 토이로가 그렇게 말했다.

"네가 감기 걸리면 싫으니까. 아니, 잠깐만. 애초에 잠들면 죽는 거 아니었어?"

"우와. 나 지금 기적적으로 생환한 거구나!"

"기적은 무슨. 아주 규칙적으로 코 고는 소리가 들리던데."

"거짓말이지? 내가 코를 골았다고?"

토이로는 부끄러운지 뺨을 감싸면서 말했다.

"응. 땅이 울리더라."

"에이, 무슨 거짓말을 그렇게 해. 나는 잠잘 때 얌전히 자거든?"

실제로 전혀 신경 쓰이지 않을 정도로 조용히 잤었지만, 나는 일부러 미묘한 표정을 지었다. 토이로는 "거짓말이지?

……어, 진짜야? ……아니, 틀림없이 거짓말일 거야! 그런 말은 우리 엄마한테는 한 번도 들은 적이 없어. 난 저소음 모드였다고" 하면서 혼자 허둥거렸다.

"아무튼 오늘은 피곤하네. 나도 밤에는 푹 잘 수 있을 것 같아."

나는 걸으면서 양팔을 옆으로 벌리고 크게 기지개를 켰다.

"응, 그 마음 이해해. 이렇게 밖에서 노는 것도 꽤 재미 있지?"

토이로도 나를 흉내 내어 팔을 치켜들면서 끄으응 하고 몸을 쭉 폈다. 야, 너 겨드랑이 보인다, 겨드랑이.

"뭐, 가끔은 이런 것도 괜찮네."

"응."

거기서 대화가 뚝 끊겼다.

우리는 변함없이 어슬렁어슬렁 집으로 걸어 돌아갔다.

길가에 있는 주택의 마당에서 어린아이가 노는 소리. 우리를 앞질러 가는 오토바이의 엔진 소리. 동네 아주머니들이 멈춰 서서 수다를 떠는 소리. 그런 마을의 소음이 내 귀에 다시 들려왔다.

"…………." "…………."

이따금 찾아오는 토이로와 나 사이의 침묵이 기분 좋게 느껴졌다. 억지로 이야기하지 않아도 된다는 사실을 우리 둘 다 알고 있기 때문일까.

그런데 오늘은 뭔가 좀 평소와는 달랐다.

토이로가 묘하게 안절부절못하는 것 같았다.

그게 신경 쓰여서 내가 그쪽을 돌아봤는데, 그때 토이로가 "저기, 있잖아!" 하고 큰 소리로 말했다.

"으, 응. 왜?"

내가 놀라서 물어보자, 토이로가 왠지 망설이는 것처럼 입을 오물거리다가 말을 꺼냈다.

"아, 다, 다음에는, 우리 둘이서 같이 놀러 가지 않을래? 다음 주 일요일에, 근처에 있는 신사에서 가을 축제를 한대."

내가 거절할 이유가 없는데도 토이로는 내 대답을 기다리면서 긴장한 것 같았다. 힐끔힐끔 눈동자를 위로 굴리면서 내 얼굴을 쳐다보고 있었다.

"아, 그래. 가볼까."

내가 그렇게 대답하자, 토이로의 얼굴에 웃음꽃이 활짝 피었다.

"그러고 보니 그 축제에는 초등학교 때 같이 가봤었지?"

"응! 추억이네. 기대된다!"

가을 축제에 가는 약속에 관해서는 더 이상 이야기하지 않았다. 평소처럼 방에서 놀다가 대충 시간이 됐을 때 가볍게 나가면 된다. 그렇게 긴장감이 없는 것이 우리다웠고, 난 그것을 좋아했다.

하지만 오늘은 기분이 좀 달랐다.

왠지 조급해지는 듯한 기분이 배 속 깊은 곳에서 생겨나더니 한동안 꿈틀거리고 있었다.

목장과 만화 카페를 무대로 한 더블데이트가 끝나고, 그 다음 날부터는 다시 평소와 같은 학교생활이 시작됐다.

오랫동안 학교를 쉬었다든가 여행을 다녀온 것도 아니지만, 왠지 모르게 '일상으로 돌아왔다'는 표현이 실감 나게 느껴졌다. 같은 반의 남녀 친구들 네 명(사연이 있는 관계이지만)이 멀리 나가서 같이 논다는 것은, 나한테는 상당히 특수한 이벤트였다.

현실에서는 얌전히 체력을 충전하다가 집에 가면 오타쿠 활동으로 그것을 소비한다. 그런 나의 충실한 라이프스타일이 무너져가고 있었다…….

만약에 또 더블데이트하러 가야 하는 상황이 된다면, 그때는 온천 더블데이트처럼 휴식을 취하는 코스를 선택하고 싶다. ……아니, 사루가야와 온천은 쓸데없이 더 피곤해지는 조합인 것 같은데. 역시 관두자.

그렇게 영양가 없는 생각만 하다 보니 어느새 이번 주도 거의 다 끝나가고 있었다.

그 정보가 내 귀에 들어온 것은, 학교생활에서 가장 편안하게 쉴 수 있는 시간인 점심시간이었다.

"──시간 좀 있어?"

내가 도시락을 다 먹은 후 제자리에서 스마트폰 게임에 몰두하고 있는데, 머리 위에서 그런 목소리가 들려왔다.

아니, 시간 없다.

시간은 없지만, 일단 눈만 굴려서 힐끔 상대를 확인해 봤다.

그러자 생긋 웃는 얼굴로 내 주의를 끌려는 것처럼 코앞에서 손을 가볍게 흔들고 있는 소녀가 한 명 보였다. "저기요, 이봐요" 하고 손을 흔들 때마다 매끄러운 검은 머리카락이 살랑살랑 흔들리고 있었다.

그 의외의 인물을 확인한 순간, 나는 화들짝 놀라 스마트폰에서 손을 떼고 고개를 들었다.

설마 교실 안에서 후나미가 나와 접촉할 줄은 꿈에도 몰랐다. 아니, 얘네 친구 그룹의 멤버들은? 하고 교실 안을 훑어봤는데 그들은 보이지 않았다.

"토이로랑 다른 애들은 사이좋게 화장실 갔어."

후나미가 내 생각을 읽은 것처럼 가르쳐줬다.

"내가 점심은 다른 교실에서 먹었는데, 그러다 복도에서 토이로랑 친구들이 화장실에 가는 것을 봤거든. 그래서 얼른 돌아온 거야. 너랑 단둘이 만나려고."

"그, 그래. 알았으니까, 목소리를 조금만 더 낮춰줘."

우리 반 학생들의 시선이 이쪽으로 쏠리는 것이 괴로울

정도로 잘 느껴졌다. 방금 후나미의 그 대사가 남들에게는 들리지 않았어도, 나와 후나미라는 신기한 조합은 그 자체로서 충분히 주목을 받을 만했다. 여기서 나와 후나미의 관계가 이상하게 소문이 나기라도 한다면 이래저래 일이 복잡해질 것이다.

토이로에게는 이 장면을 들켜도 상관은 없지만······.

아무튼 이 대화를 짧게 끝내려고 나는 이어서 입을 열었다.

"저번의 그 일 때문이야?"

"응. 당연하지."

후나미는 그렇게 대답한 뒤 스커트의 주머니에서 스마트폰을 꺼냈다. 쓱쓱 손가락으로 건드리더니 그것을 이쪽으로 내밀었다.

"오늘 방과 후에 우리는 여기 있을 거야."

나는 고개를 앞으로 쑥 내밀고 화면의 자잘한 글자를 뚫어질 듯 봤다.

"로키······? 게임 센터야?"

"응. 오늘은 슌의 동아리가 쉬는 날이라서 해 질 때까지는 거기 있을 거야. 너도 거기 와서, 토이로와 사이좋게 놀면서 최강의 연인임을 제대로 보여줘."

"최강의 연인이라니······."

저번에 옥상에서 후나미가 했던 말이 내 머릿속에서 재

생됐다.

『이렇게 부탁할게. 제발 너랑 토이로 두 사람이 사귀고 있다는 사실을 정확히 알려줘서, 네가 토이로의 최고의 남자 친구란 사실을 증명해서, 슌이 토이로를 포기할 수 있게 해줘——.』

그리고 그 기회는 후나미가 만들 거라고 했었다.
"우리가 같이 놀면서 친하다는 것을 잘 보여줄 수 있도록, 일부러 게임 센터를 선택해준 거야?"
"일부러 그런 것은 아니야. 슌이 게임 센터를 좋아해서 둘이서 자주 가거든."
"흠. 게임 센터를 좋아한다고……?"
그렇게 잘나가는 미남은 시내의 카페나 옷가게나, 바다가 보이는 레스토랑 같은 곳에 출몰할 것 같았는데. 당연히 거기서는 테라스 좌석을 고를 테고.
……좀 의외였다.
"알았어. 토이로도 오늘은 괜찮을 테니까 우리 둘이서 갈게."
그렇게 말하면서 나는 스마트폰에 표시된 게임 센터를 다시 한번 확인했다. 이따가 즉시 내 스마트폰으로 검색해볼 생각이었다.

"고마워. 그럼 잘 부탁해."

그러더니 후나미가 생긋 웃었다. 그리고 내 곁에서 떠나갔다.

"앗, 카에데! 오래 기다렸지?"

마치 그 타이밍을 노린 것처럼 정확히 토이로와 친구들이 돌아왔다. 후나미는 자기 자리로 돌아가면서 친구들을 향해 웃는 얼굴로 손을 들었다.

게임 센터 데이트란 말이지…….

토이로와 이야기를 좀 하고 싶었는데, 그때 점심시간 끝나기 전의 예비 종소리가 교내에 울려 퍼졌다.

\*

"미행의 기본은 위치 선정이야. 너무 가깝지도 않고 멀지도 않게. 직선일 때는 멀리 떨어진 곳에서 감시하고, 길모퉁이 같은 곳에서 단숨에 거리를 좁힌다. 기본적으로 상대를 관찰하는 것은 걸으면서 한다. 단팥빵을 사는 도중에 상대를 놓치지 않도록 주의할 것."

통학용 백팩을 등에 멘 채 옆에서 걷고 있는 토이로가 집게손가락을 곧게 세우면서 그런 노하우를 전수해주고 있었다.

"상대가 누구랑 만나기로 약속했거나 또 다른 이유로 멈

쳐 섰을 때는, 그쪽을 의식하지 않으면서 가까이 다가가야
해. 자연스럽고 밝은 표정으로. 목표물에는 자기 몸의 측
면을 보여주면서 상대를 곁눈질로 관찰한다. 단팥빵은 몰
래 먹을 것."

"자세히 알고 있네! 해봤어?"

이상하리만치 상세한 미행의 노하우를 듣고 나는 놀라
서 무심코 한마디 했다.

"우선 주위에 자연스럽게 녹아들 필요가 있어. 그리고
단팥빵을 먹을 때는 우유를 곁들이는 것이 좋습니다."

"아까부터 자꾸 단팥빵을 추천하는데, 그건 완전히 미행
의 아이콘이라서 너무 티가 나지 않아……?"

왜 그렇게 단팥빵에 집착하는데…….

"아니 뭐, 역시 기본 형식부터 갖추는 것이 중요하잖아?"

"그렇게 따지면 아마도 진짜 탐정은 단팥빵을 먹지도 않
을걸……."

"저, 정말? 하지만 난 단팥빵을 좋아하는데."

"그, 그래? 알았어, 좋아한다면 먹어도 돼."

그렇게 쓸모없는 이야기를 하는 사이에 우리는 목적지
앞에 도착했다.

후나미가 가르쳐준, 카스카베와 후나미가 오늘 방과 후
에 놀러 오기로 한 게임 센터.

어째서 우리가 미행에 관한 이야기를 했느냐 하면, 게임

센터에서 몰래 숨어서 후나미와 카스카베를 관찰하기 위해서였다. 커플 같기는 하지만 아직 사귀진 않는다는 두 사람이 실제로는 어떤 관계인지 알아보고 싶어서, 내가 그러자고 제안한 것이다.

일단 우리가 좀 늦게 게임 센터에 들어가서, 카스카베와 후나미가 놀고 있는 장면을 몰래 훔쳐본다는 작전인데…… 그렇다면 토이로가 방금 가르쳐준 미행의 노하우는 전혀 도움이 되지 않겠구나.

그 게임 센터는 학교에서 가까운 상점가의 가장자리에 있는 어느 좁은 골목길을 빠져나간 곳에 있었다. 좀 오래된 가게 같은 분위기인데, 간판에는 불이 들어오는 '로키'라는 글자가 적혀 있었다.

"정말로 여기 와 있는 거겠지……?"

나는 게임 센터의 문을 보면서 중얼거렸다.

문 주변에는 세워놨는지 버렸는지 알 수 없는 자전거들이 뭉텅이로 놓여 있었다.

"그 두 사람이 없어도, 그냥 재미있게 놀다 가면 되잖아?"

"넌 처음부터 그게 목적이었던 거 아냐?"

"뜨끔."

토이로는 숨기지도 않고 그렇게 말하더니 웃었다.

뭐, 그런 상황도 충분히 있을 수 있지. 그것도 재미있을 것 같고…….

"게임 센터 데이트는 처음이지 않아?"

토이로가 말했다.

"저번에 쇼핑몰에서 놀았잖아?"

"으음—. 그거랑은 별개로, 진짜 데이트 말이야."

히죽 웃으면서 밑에서 내 얼굴을 들여다보는 토이로. 또 진짜 연인 작업인지 뭔지를 하는 건가.

"……어쨌든 여기에 후나미와 카스카베가 없어도, 허탕을 치진 않을 것 같네."

내가 그렇게 말하자 토이로는 힘차게 고개를 끄덕였다.

건물과 건물 사이의 푸른 하늘을 마지막으로 한번 쳐다본 다음에 자동문 앞으로 향했다.

문이 열리자 좀 어두운 가게 안에서 고막을 찌르는 소음이 이쪽으로 흘러나왔다.


"마사이치? 잘 들어. 둘이 함께 행동하다 보면 적을 찾는 것이 늦어질지도 몰라. 실수로 적에게 우리의 뒤쪽 포지션을 빼앗기기라도 하면 다 소용없어지니까. 여기서는 둘로 나뉘어 행동하자."

토이로가 양손을 권총 형태로 만들고 주위를 살피면서 말했다.

"그래. ……그런데 넌 신난 것 같다?"

"그야 뭐, 이건 임무니까요."

……그 이유는 좀 이해가 안 가는데요. 어쨌든 즐기는 자가 진정한 승리자라는 말도 있으니까. 나도 토이로의 작전에 가담하기로 했다.

"스마트폰으로 계속 통화할래?"

"좋은 생각이야! 그렇게 하자."

내가 토이로에게 메시지 앱의 기능을 이용해 전화를 걸었다. 토이로가 이에 응답함으로써 준비는 다 됐다. 가게에 들어오자마자 보이는 크레인 게임 코너 앞에서 우리는 상대를 등지고 반대쪽으로 걷기 시작했다.

"여기는 토이로. 메달 게임 코너에 적은 없다, 오버."

"아아, 여기는 마사이치. 격투 게임 코너에도 없다. 오버. ……저기, 이 '오버'라는 말을 꼭 붙여야 해?"

"붙이는 게 본격적이다. 오버~."

"벌써 좀 장난치고 있잖아."

"앗——."

시시한 잡담을 하고 있는데 돌연 토이로가 숨을 삼키는 듯한 소리를 냈다. 곧이어.

"있다!"

그렇게 당황한 목소리가 희미하게 들려왔다.

"그 두 사람이 있어?"

"응, 가게 안쪽, 총 게임 코너! 이리 와봐!"

그 말을 듣고 나는 주위를 경계하면서도 종종걸음으로

그쪽으로 향했다. 그러자 북 치기 리듬 게임 뒤에 숨어서 저쪽을 훔쳐보고 있는 내 파트너의 모습이 보였다.

나는 토이로의 백팩 뒤에 숨듯이 앉아서 그 어깨 위로 슬그머니 고개를 내밀었다.

카스카베와 후나미는 둘이서 사이좋게 건 슈팅 게임을 플레이하고 있었다. 병원을 배경으로 하여 피 흘리는 좀비가 묘사된, 가정용 게임기의 게임으로서 인기를 얻은 시리즈의 아케이드판이었다. 그들은 총을 겨누고 이쪽으로 달려드는 괴물과 싸우는 중이었다.

바쁘게 흔들리는 후나미의 적당히 길고 윤기 나는 까만 머리카락과 카스카베의 사락사락한 갈색 머리카락.

무대는 숲이었다. 화면이 오른쪽으로, 왼쪽으로, 또 상하로 계속 흔들리는 가운데 어두운 수풀, 앙상한 나무의 뒤, 머리 위에 펼쳐진 나뭇가지 등에서 적이 자꾸만 튀어나왔다. 그런데 두 사람은 냉정하게——전혀 대미지를 입지 않고 적을 척척 처리해 나갔다. 마치 어디서 적이 나오는지 알고 있는 것처럼——.

"잘하네."

내가 중얼거리자, 토이로도 고개를 끄덕였다.

"상당히 많이 해본 솜씨야."

이윽고 숲을 빠져나가 무대는 폐업한 병원으로 바뀌었다. 화면에는 자막이 달린 짧은 에피소드 동영상이 나오기 시작했다. 그때 우리의 시선을 느끼고 있었는지——후나미가 슬쩍 뒤를 돌아봤다.

너무 갑작스러워서 우리는 북 뒤로 고개를 집어넣지 못했다.

눈이 딱 마주쳤다.

후나미는 한순간 눈을 크게 뜨더니 곧바로 찡긋하고 우리에게 눈짓했다. 미리 약속한 대로 우리가 게임 센터에 와줬다고 생각하는 것 같았다.

게임이 재개되자 후나미는 다시 화면을 쳐다봤다. 적에게 총을 쏘다가 잠깐 틈이 났을 때 한 번 더 이쪽을 돌아보면서 '이리 와, 이리 와' 하고 손을 흔들었다.

들켰으니 더 이상 숨어 있을 이유가 없었다. 나와 토이로는 서로 마주 보고 살짝 고개를 끄덕인 다음에 천천히 몸을 일으켰다.

"앗, 토이로잖아! 언뜻 우리 학교 교복이 보인다 싶더니, 얼굴 보고 깜짝 놀랐네. 진짜 토이로 맞아?"

후나미가 화면을 향해 총을 쏘면서도 힐끔힐끔 이쪽을 보고 그렇게 말을 걸었다.

"아~ 안녕? 카에데. 아까 보고 또 보네. 당연히 진짜 토이로지."

"아하하. 뭐야, 신기한 우연이네? 너희 둘 다 이 게임 센터에는 자주 오는 편이야?"

후나미는 작전대로 우리와 조우한 것은 전혀 예상치 못한 우연인 것처럼 행동했다.

나는 힐끗 카스카베에게 시선을 던졌다. 마침 그도 게임을 하면서 이쪽을 살펴보고 있었다. 눈이 마주치자 왠지 어색해서 은근슬쩍 시선을 피했다.

"카에데, 너 잘한다. 해본 적 있어?"

"응. 순이랑 게임 센터에는 자주 오거든."

말은 그렇게 했지만, 잡담하면서 플레이해서 그런지 후나미는 서서히 좀비에 의한 대미지가 쌓이고 있었다. 한편 카스카베는 어떤가 하면…… 의외로 이 녀석도 조금씩 대미지가 축적되는 중이었다. 이 녀석도 우리한테 신경을 쓰고 있는 걸까.

이윽고 후나미가 들개 좀비한테 공격당해 게임 오버가 되었다. 『You Dead』라는 피로 된 글자가 화면 위에서 아래로 내려왔다. 그리고 동료를 잃고 혼자서 모든 적을 상대하게 된 카스카베도 갈팡질팡하다가 점점 궁지에 몰렸다. 총으로 저쪽을 겨누고, 이쪽을 겨누고, 그렇게 정신없이 움직이면서 필사적으로 저항을 시도했지만…… 다 끝난 다음에는 헉헉 하고 숨을 몰아쉬면서 팔을 축 늘어뜨렸다.

"아, 미안해. 우리가 게임을 방해했구나."

토이로가 부드러운 말투로 이야기했다.

"아냐, 괜찮아."

그러면서 후나미는 웃었다. 그 옆에서 총 컨트롤러를 게임 기계에 되돌려놓은 카스카베가 이쪽을 돌아봤다.

"와, 진짜 별일이 다 있네! 설마 이런 데서 만날 줄은 몰랐어. 토이로랑 남자 친구 씨, 안녕?"

그렇게 말하면서 카스카베가 한 발 앞으로 나왔다. 나보다 머리 반 개 정도 컸고, 사루가야만큼은 아니어도 적당히 체격도 좋았다. 얼굴도 꽤 괜찮아서, 남자 아이돌 중에 있을 것 같은 정통파 미남 스타일이었다.

그런 카스카베가 힐끔 나에게도 시선을 보냈다.

나도 모르게 조건반사처럼 꾸벅 인사를 하고 말았다. 나는 좀 후회했다.

토이로에게 잘 어울리는 남자 친구처럼 보이도록 당당하게 행동해야 하는데——.

"어, 그런데 너희 둘은 데이트 중이야?"

이어서 카스카베가 질문을 했다. 그 얼굴은 토이로를 향해 있었지만.

"응, 맞아. 가끔은 게임 센터에나 가볼까? 하고 왔어."

내가 먼저 그렇게 대답했다. 카스카베의 시선을 다시 나에게 되돌리는 데 성공했다.

"응, 응. 집에만 있는 것도 지겨워서."

그렇게 말하면서 토이로가 나에게 다가붙는 것처럼 거리를 좁혔다.

후나미가 부탁한 대로——그리고 지금까지 가장 경계해 왔던 인물을 상대로, 연인 작업을 보여주려고 하는 것이 리라.

나는 주위의 소음에 지지 않을 정도로 더 크게 소리를 내어 물어봤다.

"너희들은? 데이트야?"

어쩌면 기분 탓인가? 하고 흘려보낼 정도로 아주 짧은 침묵이 있었다.

"어, 그래. 그런 거야."

카스카베가 대답했다.

"저기, 이왕 이렇게 됐으니까 우리 같이 놀지 않을래? 게임이라도 하자!"

후나미가 확 밝아진 목소리로 크게 말했다. 짝 하고 손뼉을 치더니 나머지 세 사람을 돌아봤다.

이것은 나와 토이로의 관계를 좀 더 확실하게 카스카베에게 보여주기 위한 후나미의 작전일 것이다. 그런데 그 패스의 의미를 이해했는지, 못 했는지.

"오, 좋아! 마사이치, 우리의 실력을 보여주자!"

토이로가 신나게 그런 식으로 대답했다.

"그럼 시합이라도 할래? 그런데 뭐가 좋을까? 이런 게임에서는 아무래도 경험의 차이가 드러나잖아."

그러더니 카스카베가 건 슈팅 게임의 총을 빼서 겨누는

시늉을 했다. 역시 꽤 많이 해봤는지 자신이 있어 보였다. 그런데 나는 그쪽 분야의 게임은 별로 안 해봤단 말이지.

아니, 잠깐만. 설마 지금 전투가 벌어진 건가? 자연스럽게 우리끼리 대결을 펼치게 되었는데. 눈만 마주쳤는데도 전투가 발생하다니, 이게 무슨 게임이야……?

토이로는 알고 있었지만, 어쩌면 카스카베도 지기 싫어하는 성격일지도 모른다. 당연히 나도 그랬고. 그리하여 전투의 냄새가 풀풀 났다.

"그럼 가게 안을 좀 둘러볼까?"

그런 후나미의 제안에 우리는 다 함께 게임 센터 안을 돌아다니기 시작했다.

메달 게임 코너, 리듬 게임 코너, 크레인 게임 구역 등, 겉모습만 보고 상상했던 것과는 달리 게임 센터 안은 의외로 넓었다.

"다 함께 시합을 할 수 있는 게 좋은데"라고 후나미가 말했다.

"크레인 게임은 어때? 저쪽에 똑같은 과자 경품이 들어 있는 기계가 두 대 있잖아. 우와, 초코파이네! 어때, 이거 좋지 않아?"

토이로가 약삭빠르게도 시합 결과와 더불어 실리까지 챙기려고 했다. 너 과자 먹고 싶은 거지?

"오, 토이로, 한번 해볼래? 하지만 이건 조금씩 상자를 이동시켜서 꺼내는 타입이니까, 무조건 몇백 엔은 투자해야 할 거야."

카스카베가 손가락 사이에 턱을 끼운 채 기계 안을 들여다보면서 말했다.

토이로가 힐끔 내 얼굴을 쳐다봤다. 나는 토이로 대신 입을 열었다.

"하긴, 이건 아무리 잘해도 100엔으로는 성공할 수 없겠네. 실수하면 돈이 꽤 많이 들지도 몰라."

아무래도 이런 물건은 그냥 밖에서 돈 주고 사는 것이 더 싸게 먹힌다는 생각이 들었다. 좋아하는 캐릭터의 경품용 피규어 같은 것이라면, 아무리 많은 돈을 쓰더라도 꼭 구출해낼 테지만.

"그래? 그럼 하는 수 없지."

"네가 꼭 먹고 싶다면 내가 열심히 해서 뽑아줄게."

카스카베가 웃으면서 그렇게 대화에 끼어들었다.

"아, 아하하, 그냥 슈퍼에서 살게. 비싸지도 않은걸."

냉정한 판단이었다. 카스카베한테 저걸 뽑아 달라고 했다가는 이래저래 쓸데없이 비싼 대가를 치러야 할 것 같았다.

"리듬 게임도 경험의 차이가 문제가 되니까……. 저쪽에 있는 마루오 카트 같은 것은 어때? 집에서 해본 적 있지 않아?"

나는 입구 오른쪽에 있는 레이싱 게임 기계를 가리켰다.

나도 아케이드판은 토이로랑 같이 가볍게 플레이해본 경험밖에 없으므로 아마 공평할 것 같았다.

"그것도 좋지만, 역시 실력 차이가 드러나잖아? 그보다 더 좋은 게 생각났어!"

내 얼굴을 보면서 카스카베가 그렇게 말했다.

"그, 그래?"

처음으로 이 녀석과 제대로 된 대화를 한 것 같았다. 너무 갑작스러워서 나도 모르게 말을 더듬었다.

카스카베가 안내하는 대로 우리는 가게 안쪽으로 이동했다. 그곳에는 탁구대처럼 중앙에 낮은 아크릴판 벽이 있는 네모난 게임 기계가 있었다.

"아, 에어 하키구나."

나도 모르게 감탄한 듯한 소리가 흘러나왔다.

"오? 남자 친구 씨. 혹시 이거 잘해?"

그러고 보니 카스카베에게 내 이름을 가르쳐주지 않았구나. 뭐, 그냥 남자 친구 씨라고 불러도 상관없긴 한데.

"아니, 전혀 아니야. 도대체 언제 마지막으로 했는지 기억이 안 날 정도야."

옆을 봤더니 토이로도 고개를 끄덕거리고 있었다.

"카에데, 넌? 에어 하키로 해도 돼?"

"응! 그거 하자, 하자!"

"좋아! 그럼 결정됐네!"

세 사람의 동의를 얻은 카스카베는 싱긋 웃었다.

——어? 뭔가 이렇게 말할 때의 느낌을 보면 나쁜 녀석은 아닌 것 같은데…….

실제로 에어 하키를 그렇게까지 열심히 하는 사람이 있다는 이야기는 들어보지 못했다. 또 팀전으로서 전원이 동시에 신나게 놀 수 있는 게임이기도 했다. 친구가 많은 인싸다운 훌륭한 아이디어라는 생각이 들었다.

"종목은 에어 하키로 정해졌고! 자, 토이로, 싸우자!"

그러더니 어깨에 메고 있던 책가방을 바닥에 내려놓는 후나미.

"응, 좋아. 감히 나에게 도전하다니, 무모하구나. 다쳐도 난 모른다?"

토이로는 히죽 웃으며 대꾸했다. 어? 뭐야, 이 게임은 누가 다치기도 하는 거야……?

"우선 돈은 내가 낼게."

카스카베가 가방을 내려놓고 멋진 동작으로 지갑을 꺼냈다.

"으, 응. 나중에 줄게."

내가 그렇게 말하자, 카스카베가 가볍게 웃으며 손을 쓱 들었다.

신기하게도 실제로 그와 이야기를 해보니 그는 상상보다 훨씬 더 상쾌한 이미지였다. 너무 상쾌해서 좀 오한이

들 정도였다.

여기서는 당연히 나와 토이로, 카스카베와 후나미가 각각 한 팀이 되었다.

우리가 저마다 손에 하얀색 라켓을 들었을 때 카스카베가 동전을 투입했다. 한 번 플레이하는 데 300엔이었다.

"자, 시작한다!"

**뿅뿅뿅** 소리가 나더니 게임 기계 상부에 있는 전광판에 남은 시간과 '0:0'이라는 스코어가 표시됐다. 필드에 공기가 깔리더니 달그락 하고 플라스틱 원반──퍽 하나가 게임판 옆의 접시에 떨어졌다.

"벌칙은?"

후나미가 소매를 걷어붙이면서 물어봤다.

"음료수 사기."

토이로가 짧게 말하더니 라켓을 고쳐 쥐었다.

"먼저 공격해봐."

카스카베가 호전적인 미소를 지었다.

다들 왜 이렇게 신이 났을까. 잠깐만, 연인 작업은 어쩌고……?

그런 생각을 하면서 나는 접시에서 퍽을 집어 들고 적당한 위치에 섰다. 그리고 살짝 토이로의 귓가에 얼굴을 가까이 가져갔다.

"야, 알지?"

내가 그렇게 묻자, 토이로는 내 얼굴을 힐끔 보더니 고개를 끄덕거렸다.

"응. 마구 공격해, 맞지?"

"무슨 소리를 하는 거야?! 아니거든! 그게 뭔데?"

"응? 작전명을 확인하는 거 아니었어?"

토이로 씨, 아무것도 모르고 계셨군요.

"야, 오늘의 목적은……. 이 에어 하키를 통해 우리가 잘 어울리는 커플이란 것을 카스카베에게 보여주는 거잖아?"

"아, 맞다. 그랬지! OK, 알았어!"

나를 향해 엄지를 치켜세우더니 게임판 앞에 똑바로 서는 토이로. 정말 괜찮은 걸까……?

하지만 더 이상 길게 이야기했다가는 의심을 받을지도 모른다.

──해보자. 나는 그렇게 각오를 다지고 퍽을 필드에 올려놨다.

기계에서 나오는 바람을 타고 천천히 미끄러지는 퍽. 나는 그것을 라켓으로 부드럽게 앞으로 밀었다. 퍽은 상대편 코트가 아니라 대각선 옆으로 이동했다.

"자, 토이로. 공격해!"

나는 토이로에게 퍽을 패스한 것이었다.

"얍!"

토이로가 그 퍽을 세게 쳤다. 벽에 이리저리 튕겨 상대의 골을 노린다. 이에 대해 카스카베와 후나미는 골문을 철저히 방어하고 있었다. 퍽은 카스카베의 라켓에 가로막혀 이쪽 코트로 돌아왔다.

벽을 통과해 돌아온 그 퍽을 탁! 하고 라켓으로 찍어 누르듯이 멈춰 세웠다. 골문 앞의 아슬아슬한 지점에서.

"잘했어! 멋져, 마사이치!"

"이건 기본이지. 자, 가자, 토이로!"

다시 한번 느린 패스를 토이로에게 보냈다. 토이로가 이번에는 똑바로 그 퍽을 쳐냈다.

카스카베와 후나미의 라켓 사이를 노렸는데——단순한 그 타구는 즉시 상대에게 간파당해 가로막혔다. 돌아온 퍽을 또다시 내가 받아 세웠다.

"아깝다! 하지만 좋은 공격이야, 토이로!"

"아, 조금만 더 했으면 들어갔는데."

우리는 에어 하키를 사이좋게 즐기는 커플을 연기하려고 했다. 에어 하키에서 연인다운 모습을 보여주려면 뭘 어떻게 해야 하는지 몰랐으므로, 일단 이런 식으로 해본 것이다. 사랑이 넘치는 것처럼 보이면 좋을 텐데…….

그리고 다시 한번 내 패스를 받은 토이로가 상대편 코트를 공격했을 때.

"토이로, 너무 안일한데?"

토이로가 친 퍽은 똑바로 상대의 골을 향해 미끄러졌다.

그런데 그 단순한 타구의 궤적은 카스카베에게 완전히 간파당했다. 적진의 후방에서 카스카베가 퍽을 힘차게 받아쳤다. 교묘하게 벽에 부딪치게 해서, 우리 둘 다 앞으로 나와 있느라 텅 비어버린 골을 향해——.

"크윽——."

철컹! 하고 기분 좋은 소리가 나면서 퍽이 골 안으로 빨려 들어갔다.

"와, 성공이다!"

기뻐하면서 손가락으로 브이 자를 그리는 후나미.

"쉽다, 쉬워. 빈틈을 찾을 필요도 없네."

그렇게 말하면서 카스카베는 싱글싱글 웃고 있었다. 젠장, 우리를 도발하고 있군.

"미안해, 마사이치."

"아냐, 지금은 방심해서 그런 거잖아. ……어쩔래?"

나는 잠깐 뜸을 들이다가 다음 방침을 토이로에게 물어봤다.

"해보자, 마사이치. 전력을 다해!"

"응, 찬성이야!"

작전 변경이다. 계속 당하기만 할 수는 없다. 그것은 나와 토이로의 공통된 인식이었다.

나는 필드에 퍽을 놨다. 그리고 우선 전력을 다해 쳤다. 후나미의 라켓에 맞은 퍽은 두세 번 벽에 부딪치면서 이쪽으로 돌아왔다. 그 틈에 나는 골 앞으로 돌아와, 너무 빨라서 어디로 튈지 예상도 할 수 없는 퍽을 어떻게든 반사 신경으로 막아냈다.

이번에는 카스카베와 후나미도 적극적으로 공격을 시도했다. 그러나 그것은 후방에서 이쪽의 골의 빈틈을 노리려고 하는 수비에 가까운 전법이었다. 일단 퍽을 라켓으로 붙잡아 세워놓고 차분하게 공격할 곳을 정해서 공격하려고 했는데, 퍽이 이쪽의 골까지 오는 거리가 있다 보니 우리가 집중하면 충분히 막을 수 있었다.

다만 우리도 공격에 응수하면서 뭔가 기회를 찾아내야 했는데……

탁, 따닥, 타악.

랠리가 오랫동안 이어졌다. 시간제한도 있으니 어떻게든 1점을 따내고 싶었다.

"받아랏!"

후나미가 강하게 퍽을 쳐내자, 토이로가 라켓을 옆으로 움직여 간신히 막아냈다. 퍽은 벽 사이를 몇 번이나 왕복하면서 천천히 상대의 코트로 들어갔다. 그때 '기회는 이때다!' 하고 앞으로 나온 카스카베가 스매시 공격을 했다.

"윽!"

필사적으로 팔을 움직여 가까스로 퍽에 라켓을 댔다. 충격으로 손이 찌릿찌릿했다. 내가 옆으로 쳐낸 퍽을 토이로가 상대 쪽으로 힘껏 보냈지만, 조금 타이밍이 늦어서 그새 상대의 수비가 완성돼버렸다.

"제법이네."

또다시 후방에서 공격하면서 카스카베가 말했다.

"칭찬 고마워."

나는 그렇게만 대꾸하고 힐끔 그놈의 얼굴을 살펴봤다.
……여유로워 보이네.

"저기, 방금 그거——."

토이로가 내 귓가에 대고 말을 걸었다.

"응. 하자."

그 짧은 대사만 듣고도 토이로의 생각을 짐작할 수 있었다. 그동안 함께 지내면서 우리는 몇 번이나 그런 짧은 대화로 의사소통을 해왔으니까.

이것은 우리라서 할 수 있는 작전 회의였다.

금방 또 퍽이 날아왔다. 다시 랠리가 시작됐다. 여러 번 퍽이 왕복하는 가운데, 이윽고 기회가 찾아왔다. 후나미가 제대로 치지 못한 퍽이 느리게 이쪽 코트로 들어온 것이다.

"나한테, 맡겨!"

나는 그렇게 외쳤다. 상대의 골을 정확히 노려보면서 라켓을 휘둘렀다. 후나미가 아직 돌아오지 못해서 생긴 그쪽 골의 빈틈을 향해, 똑바로 퍽을 꽂아 넣었다.

그 코스는 틀림없이 간파당할 것이다. 과연 여기서 내 속도가 이길까, 아니면 카스카베의 방어가 제때 이루어질까.

그런 싸움이라는 선입견을 상대에게 심어줬다.

그것은 순식간에 일어난 일이었다.

내 타구가 쭉 뻗어나가서 낮은 아크릴판 칸막이 앞까지 도달했을 때, 눈앞에 흰 그림자가 번쩍 지나갔다.

탕! 하고 통쾌한 소리가 나면서 퍽의 진행 방향이 바뀌었다.

옆에서 토이로가 손을 뻗어 내 타구에 한 번 더 힘을 가한 것이다.

토이로가 쳐낸 퍽은 상대의 코트에서 벽에 부딪쳐 튀어나와, 내 타구의 코스를 예상하고 이동했던 카스카베의 방어의 허점을 멋지게 파고들었다. 철컹! 하는 소리가 나더니, 전광판에 표시된 우리의 득점이 0에서 1로 삑 하고 바뀌었다.

"해냈어! 마사이치!"

토이로가 이쪽을 돌아보면서 한 손을 번쩍 들었다.

"응, 완벽했어."

나는 힘차게 토이로와 하이파이브를 했다.

"그 속도로 쳐낸 공에 뛰어들어 궤도를 바꿔놓다니……."

카스카베가 놀란 것처럼 눈을 크게 뜨고 말했다.

"후후, 어때?! 실은 뛰어든 것이 아니라, 기다리고 있다가 살짝 건드린 거지만. 그쪽으로 올 줄 알고 있었거든."

그렇게 대꾸하는 토이로는 의기양양한 표정이었다.

"알고 있었다고? 예상했다는 거야?"

후나미와 카스카베가 고개를 갸우뚱했다.

"예상? 어, 정확히 말하자면 마사이치가 그쪽으로 쳐준 거지……."

토이로가 그렇게 설명했지만, 상대 팀 두 사람은 여전히 의아해하는 표정이었다.

실제로 나는 토이로가 도중에 궤도를 바꿀 수 있도록 코스를 계산해 퍽을 쳤다. 이 작전은 좀 전에 내가 친 퍽을 토이로가 상대편 코트에 밀어 넣었을 때 떠올린 것이었다. 맨 처음 연인 작업으로서 내가 토이로에게 해줬던 패스를, 랠리 응수 도중에 한다면 상대의 허를 찌를 수 있다고 생각했다.

토이로가 나에게 말을 걸었을 때 나는 깨달았다. 토이로도 틀림없이 나와 같은 생각을 했으리란 것을. 지금까지 수많은 게임을 같이 클리어 했으니까. 그래서 나는 그대로 실행하자고 짧게 대답한 것이다. 그 후에는 적당한 타이밍을 노려 멋지게 성공시키기만 하면 됐는데——이런 사정을 전부 다 설명하기는 어려웠다.

그런데 토이로가 그것을 한마디로 정리해줬다.

"어, 말하자면. 이게 바로 커플의 힘이라는 거지!"

멋진 말이었다. 좀 억지스럽긴 해도, 최초의 목적이었던 커플다운 모습을 조금이나마 보여주는 데 성공한 걸까.

몰래 자세히 관찰하고 있었으므로 나는 놓치지 않고 볼 수 있었다. 카스카베의 눈가가 파르르 떨리는 것을.

게임이 재개됐다.

그때부터는 일진일퇴의 공방전이 펼쳐졌다.

애초에 여기선 실력 차이가 나지 않는다고 말은 했어도, 현역 농구부 멤버이자 주전 선수로도 활약하고 있는 카스카베는 힘이 보통이 아니었다. 벽에 튕겨 나온 타구라도, 그걸 막아내면 손이 찌릿찌릿할 정도였다.

아니, 아까보다 더 공격에 힘이 실린 것 같은데…….

한편 우리도 둘이서 협력하면서 호각으로 상대와 싸우고 있었다. 본디 게임을 할 때도 우리 둘끼리 대결하는 것보다는, 최강으로 설정된 CPU를 상대로 둘이서 덤비는 것을 더 좋아했다.

"토이로!"

"응, OK!"

내가 수비로 전환하면서 토이로를 전선의 공격수로 내보냈다. 블로킹에 성공해 득점했다. 정말로 호흡이 잘 맞았다.

남은 시간은 1분, 스코어는 동점.

지금까지는 주로 경쟁심을 불태우고 있는 사람이 카스카베라고 생각했는데——.

"이게 바로——!"

기회를 노리고 있었던 걸까. 그렇게 소리를 지르면서 후나미가 크게 팔을 들어 올리더니.

"사랑의, 힘이다!"

라켓을 힘차게 휘둘렀다. 나와 토이로는 그 궤도를 예측해 수비하려고——했지만, 후나미는 시원하게 게임판 위에서 헛스윙을 했다.

"앗——."

후나미는 게임판 위로 몸을 쑥 내밀고 있었다. 그것도 일부러 한 것이리라. 헛스윙을 당한 퍽은 매끄럽게 후나미의 몸 아래로 빨려 들어가 보이지 않게 되었다. 그리고 그 너머의 골 앞에서 카스카베가 라켓을 앞으로 내밀어, 퍽을 세게 쳐서 이쪽으로 돌려보냈다.

퍽의 출발 지점, 타구 각도, 타이밍. 그중 아무것도 짐작할 수 없었다. 결국 우리는 그 강속구가 골에 꽂히는 것을 허용하고 말았다.

"됐다!" 하고 카스카베가 소리를 질렀다. 손목을 꺾으면서 주먹을 내밀자, 후나미가 그에 맞춰 "와아!" 하고 똑같이 주먹을 콩 부딪쳤다.

"후후후. 봤어? 이것이 우리의 실력이야."

그렇게 후나미가 의기양양한 얼굴로 이쪽을 돌아봤다.

그때 토이로가 순간적으로 울컥하여 부루퉁한 표정을

짓는 것이 내 눈에 언뜻 보였다.

"마사이치, 가자!"

골 안으로 떨어진 퍽을 꺼내서 얼른 필드에 올려놓는 토이로. 즉시 벽을 이용한 공격을 펼쳐나갔다. 후나미가 받아친 퍽을 내가 날카롭게 토이로에게 패스했고——.

"이게 바로, 좋아해~ 파워——!"

토이로는 내가 패스한 퍽을 향해서 닿을 듯 말 듯 절묘하게 헛스윙을 했다. 그리하여 지금까지와는 달리, 내 타구는 궤도를 바꾸지 않고 그대로 상대편 코트로 날아갔다. 당황하여 반응이 느려진 상대의 라켓을 피하면서 그 퍽은 멋지게 골 안으로 뛰어 들어갔다.

방금 후나미가 보여준 헛스윙 기술을 참고하여, 지금까지 우리가 썼던 작전을 응용한 일격이었다.

후나미가 "크윽" 하고 분하다는 듯이 눈썹을 찡그렸다.

그다음부터는 서로 기술로 응수하기 바빴다.

"이것이, 러브 에너지——!"

"이것은, 서로 사랑하는 연인의 능력!"

······그와 동시에 언제부터인가 토이로 VS 후나미 구도로, 파트너를 사랑하는 마음이 얼마나 강한지 겨루는 싸움이 펼쳐지고 있었는데······.

그러다 이윽고 시합 종료 버저가 울렸다.

마지막으로 후나미가 골인을 시켜서 시합 결과는 8 대 8

동점으로 끝났다.

*

"좀 전에는 미안했어. 너무 흥분해서. 사과하는 뜻으로 음료수는 내가 살게."

게임 센터 안에 있는 자판기 앞에서 카스카베가 나에게 그런 말을 했다.

"아니, 그건 나도 마찬가지야. 그리고 시합은 무승부였잖아. 나랑 토이로의 음료수는 내 돈으로 살게."

나는 그 녀석의 제안을 고사하고 교복 바지의 뒷주머니에서 지갑을 꺼냈다. 이럴 때는 탄산이 먹고 싶어진단 말이지. 토이로는 틀림없이 이 나타드코코*가 들어간 음료수를 사주면 좋아할 것이다.

카스카베가 또 무슨 말을 하려고 했다. 그래서 나는 그 전에 동전을 자판기에 넣어버렸다. 그러자 한 박자 느리게 옆에서 체념한 것처럼 한숨을 쉬는 소리가 들렸다.

에어 하키 시합은 무승부로 끝났다. 고로 벌칙은 집행되지 않았지만, 피곤하니까 음료수는 먹기로 했다. 이때 카스카베가 『그럼 내가 가서 사 올 테니까 다들 벤치에서 기다려』라고 하면서 솔선하여 움직였고, 내가 허둥지둥 그

---

*코코넛을 젤리 형태로 가공한 식품.

뒤를 따라온 것이었다.

그런데 둘이서 사러 온 것까지는 좋았는데.

"…………."

"…………."

맨 처음에 음료수를 사주느니 마느니 하고 떠들었지만, 그 외에는 이렇다 할 이야깃거리가 없었다. 내 머릿속에서 모색한 토크 주제 카드 덱에서 뭔가를 뽑아내려고 해도…… 뽑을 수가 없었다. 이 녀석——성향이 안 맞는 인싸의 특수 효과 때문에 나의 카드 덱이 0장이 되어버린 것이다.

결국 '내가 왜 그렇게 신경을 써야 해?!' 하고 깨끗이 포기해버렸다. 그 녀석이 음료수를 사는 동안에 나는 뒤에서 묵묵히 기다렸다.

하지만 결코 멍하니 넋을 놓고 있지는 않았다.

"…………떤……분……은."

내가 그 녀석의 대사를 제대로 듣지 못한 것은, 게임 센터의 소음에 쉽게 묻혀버릴 정도로 그의 목소리가 낮고 작았기 때문이다.

"뭐?"

내가 그렇게 되물어보자, 물과 음료수 페트병을 손에 든 카스카베가 이쪽을 돌아봤다.

"도대체 어떤 기분이야? 토이로의 남자 친구로 사는 건."

"어……."

설마 상대가 갑자기 토이로에 관한 이야기를 꺼낼 줄은 몰랐다. 예상외의 말에 나는 말문이 막혀버렸다.

"1학년 중 최고——아니, 전교에서 1등인 미소녀라고 해도 과언이 아닌 여자애의 남자 친구. 당연히 기고만장하겠지?"

"아니, 그건 아니야."

"그래? 솔직히 말해서 부러운데."

나는 힐끔 카스카베를 살펴봤다. 좀 전까지 보여주던 온화한 표정은 그의 얼굴에 남아있지 않았다.

흠. 나는 생각에 잠겼다.

——차라리 이 기회에 대놓고 솔직하게 물어볼까……?

애초에 이 이야기를 꺼낸 사람은 카스카베이니까 문제는 없을 것이다. 게다가 나는 천성적으로 눈치를 봐 가면서 살살 행동하는 타입도 아니었다.

"저기, 내가 소문을 좀 들었는데…… 넌 토이로를 어떻게 생각해?"

나는 그렇게 핵심이나 마찬가지인 질문을 카스카베에게 던져봤다.

"글쎄. 사귈 수 있으면 사귀고 싶다고 생각하고 있지."

즉답이었다.

정말 시원스러운 대답이었다. 그와 동시에, 그 말에 대한 나의 반응을 살피는 듯한 느낌도 들었다.

"그럼 후나미는?"

"사귈 수 있으면 사귀고 싶다. 거기서 '사귈 수 없는 이유' 중 하나지. 카에데는."

후나미의 존재가, 토이로와 사귈 수 없는 이유. 그렇다면 이 녀석은 후나미를 소중히 여기고 있다는 뜻이 아닐까.

"……사귀지는 않아?"

"응. 카에데와는 사귀지 않아."

그는 자신의 진의를 나에게 들키지 않으려고 일부러 이런 식으로 이야기하는 듯했다.

"그럼 후나미 이외에 다른 상대는 있어?"

일단 확인해봤다.

"없어, 없어. 그런 사람이 있겠냐."

카스카베는 내 질문에 불쾌해하는 것 같지도 않았다. 고민하는 기색도 없이 속마음을 숨기지 않고 이야기해주는 것처럼 느껴졌다.

그렇다면 이 질문에도 대답해줄까.

"어째서 토이로를 좋아하게 된 거야? 토이로는 지금까지 너랑 딱히 얽혀본 적이 없다고 했는데."

"그것은 너에게는 별로 이야기하고 싶지 않아. 내 속마음과 관련된 문제이니까. 뭐, 하나만 말해주자면, 아까도 말했듯이 토이로는 우리 학교 최고의 미소녀잖아?"

그냥 눈으로 좇기만 했는데도 저절로 좋아하게 됐다, 뭐 그런 녀석들도 꽤 많을걸? 하고 카스카베는 말을 덧붙이더니 웃었다.

"그리고 만약에 사귈 수 있다면, 나는 그 애를 무척 소중하게 여기면서 반드시 행복하게 만들어줄 자신이 있는데 말이지."

이 자식. 나와 토이로가 사귄다는 것(임시지만)을 알면서도…….

"그리고 네가 어떤 소문을 들었는지는 몰라도, 일단 말해두자면……. 난 절대로 무차별적으로 여자애를 건드리고 다니진 않아. 그건 근거 없이 퍼져버린 헛소문이야."

마지막으로 카스카베는 내 눈을 똑바로 보면서 그렇게 말했다. 그리고 빙글 돌아 여자애들이 있는 곳으로 돌아가려고 했다.

……아무래도 처음 카스카베의 소문을 들었을 때의 이미지에 비하면, 그 정도로 나쁜 녀석은 아닌 것 같았다.

적어도 사전 정보에 비하면 훨씬 나았다. 저 녀석한테 나는 얄미운 존재일 텐데도 나와 평범하게 대화해주고 있고, 또 그의 발언을 믿는다면 그 행실도 썩 나쁘진 않았다.

나는 이 녀석이 훨씬 더 대책 없이 나쁜 놈인 줄 알았는데…….

그러나 토이로에 대한 카스카베의 감정은 아직도 알 수

없는 부분이 많았다. '사귀고 싶다'는 그 단순한 한마디 뒤에 무엇이 숨어 있을까. 그것은 아마도 카스카베 본인이 숨기고 있는 것 같았다.

카스카베의 뒷모습은 이미 꽤 멀리 떠나가 있었다.

나는 일단 생각을 그만두고 그 녀석을 쫓아가려고 황급히 잰걸음으로 걷기 시작했다.

☆

"좀 전에는 미안했어. 토이로. 네가 애정이 넘치는 모습을 보여주니까, 나도 모르게 대항하게 되어서."

"아냐, 나도 무의식중에 흥분했는걸. 그런데 아까 장난 아니지 않았어? 우리, 서로 사랑의 힘을 열심히 부르짖었잖아."

"잠깐만, 그 이야기를 하면 나 부끄러워서 미칠 것 같아."

카에데가 "꺅─" 하고 자기 얼굴을 가렸다. 그걸 본 나는 "아하하" 하고 웃었다.

진짜로 에어 하키 시합에서는 이상한 데 불이 붙었었다. 물론 분위기에 맞춰 장난친 부분도 좀 있지만, 카에데와 카스카베한테 나와 마사이치가 커플로서 지는 것은 참을 수 없다고 진심으로 생각했었다.

결과는 무승부라서 꽤 분하기도 했고.

마사이치와 카스카베가 음료수를 사러 간 사이에 나와 카에데는 게임 센터 내부의 휴게실 벤치에 앉아서 기다리고 있었다.

왠지 묘하게 안절부절못하는 기분이었다.

돌이켜보니 카에데와 이렇게 단둘이 이야기할 기회는 사실 지금까진 거의 없었다.

같이 놀러 가기도 하고, 편하게 이야기도 하면서 친하게 지낸다고 생각했는데. 그런 때는 언제나 우라라나 마유 같은 다른 친구도 곁에 있었다.

"일부러 여기까지 와준 거지? 고마워."

"어, 아, 응! 마사이치한테 이야기를 들었거든. 그래서 가능한 한 협조하고 싶어서."

"고마워. 이것으로 슌이 너를 포기하고 나를 똑바로 봐줬으면 좋겠는데……."

……이게 뭐야, 이게 뭐야, 이게 뭔데?

……어, 설마 거북해하는 사람은 나밖에 없는 거야?

카에데와 카스카베의 관계에, 이유는 몰라도 내가 하나의 꼭짓점으로서 끼어들어 삼각형을 이루게 되었다는 것. 이것은 학교에서도 꽤 많은 사람이 알고 있는 사실인데…….

그래도 그걸 화제로 삼는 거야? 지금 이 타이밍에 그 이야기를 해버린다고?

이, 이런 분위기를 참아낼 수 있을까? 내가…….

그러고 보니 카에데는 내 남자 친구(임시)를 불러내서 고개를 숙여가면서 부탁을 한 경험이 있었다. 그야말로 자존심을 다 버렸다는 표현이 딱 맞았다. 자신의 사랑을 위해 그렇게 적극적으로 몸을 던질 수 있는 여자애다.

그 점은 순수하게 멋지다고 생각한다.

──그 정도로 적극적으로 생각하고 행동하는 것이 진짜 사랑인 걸까.

내가 그런 것을 생각하고 있는데 옆에서 카에데가 스마트폰의 대기 화면을 힐끔 확인하더니, 그 화면을 밑으로 해서 무릎 위에 올려놨다. 아마도 나를 상대해주려는 것 같았다.

"카에데는 여기 자주 와?"

나는 어떻게든 대화를 이어나갔다.

"응, 슌이 좋아하거든."

"역시 둘이 사이가 좋구나."

"헤헤헤, 응. 사이좋아."

카에데는 엎어둔 스마트폰을 들어 올려 화면을 몇 번 건드렸다.

"이거 봐. 여름방학 때도 거의 내내 같이 있었어."

그 말을 듣고 나는 옆에서 카에데의 스마트폰 화면을 들여다봤다. 화면에는 수많은 사진이 나와 있었다. 죄다 카에데와 카스카베의 투샷이었다.

둘이 함께 방에서 아이스크림을 먹으면서. 카페에서 음료수를 한 손에 들고 손가락으로 브이 자를 만들면서. 수영장에서 커다란 튜브를 타고 둥둥 떠다니면서.

스크롤되는 화면에서는 그런 두 사람의 다양한 표정이 흘러가고 있었다.

계절이 되돌아가서 교복 블레이저 재킷을 입은 두 사람이 얼굴을 가까이 대고 있는 사진이 나왔을 때, 카에데의 손가락이 멈췄다.

"아, 이런. 토이로한테 우리가 친하다는 것을 보여줘도 아무 소용 없는데."

그러더니 카에데는 "아하하" 하고 웃었다. 그렇게 웃고 나서, 왠지 부드러운 표정으로 말을 이었다.

"그래도 말이지, 이렇게 수많은 추억을 그냥 무시할 사람은 아니야. 슌은."

뭐라고 대답하면 좋을지 몰라서 나는 "아하하" 하고 적당히 쓴웃음을 지으며 넘어갔다. 실제로 아까 그 두 사람의 모습을 보니, 카스카베가 카에데를 소중히 여긴다는 것은 알 수 있었다. 결코 소홀히 하거나 차갑게 대하지는 않았다.

그런데 왜 이렇게 항상 같이 있으면서도 둘이서 사귀지

않는 걸까? ……그런 식으로 말하자면 나도 마찬가지지만.

그나저나…….

카에데가 자랑하는 카메라 롤을 보면서, 나는 실은 좀 떨떠름한 기분을 느꼈다.

약간…… 부러울지도.

우리는 사진을 남기는 습관이 없어서 스마트폰으로 찍은 투샷도 거의 없었다.

──좋겠다. 나도, 마사이치랑…….

"둘 다 오래 기다렸지? 자, 받아, 카에데."

그런 목소리가 귀에 들렸다. 나도 모르게 약간 숙이고 있던 고개를 번쩍 들었다.

카스카베가 돌아와서 카에데에게 음료수 페트병을 건네주고 있었다. 좀 떨어진 곳에서 마사이치의 모습도 보였다. 우와! 나타드코코 음료수다!

"카에데, 슬슬 딴 데로 갈까? 이 두 사람을 방해하는 것도 미안하잖아."

내가 마사이치한테서 음료수를 받고 있는데 카스카베가 카에데에게 그런 말을 했다.

"그러네. 갈까……?"

그러더니 카에데는 몸을 일으켰다.

"응, 그럼 토이로, 마조노. 오늘은 같이 놀아줘서 고마웠어. 내일 또 학교에서 보자."

"아, 응."

내가 그렇게 대답하자, 카스카베가 가볍게 손을 들어 인사하더니 걸음을 뗐다. 곧바로 카에데가 뛰어가 그 옆에 나란히 섰다.

저렇게 갑자기 떠나가니까 왠지 따돌림당하는 기분이 들었다. 나와 마사이치는 그런 심정으로 서로 얼굴을 마주 봤다.

*

게임 센터에서 빠져나온 토이로와 나는 해가 뉘엿뉘엿 지는 거리를 걸으면서 집으로 돌아가기 시작했다.

은근히 탐정 놀이를 하는 듯한 기분(특히 토이로가)으로 시작해서 그런지 피로가 한꺼번에 몰려왔다.

설마 에어 하키로 시합을 하게 될 줄도 몰랐고.

시합 도중 내내 집중하느라 정신력 포인트도 닳았었다.

한동안 멍하니 걷고 있었는데 토이로가 말을 걸었다.

"저기, 카스카베랑 둘이서 무슨 이야기를 했어?"

"별로……."

"…………."

"…………."

토이로가 끈질기게 쳐다봤다.

"뭐야?"

"마사이치. 우리가 소꿉친구 몇 년 차인지 알아? 내가 눈치를 못 챌 것 같아?"

토이로는 후훗 하고 숨소리를 냈다.

"뭔가 중요한 이야기를 들은 거지? 마사이치, 너 계속 생각에 잠겨 있었잖아. 무슨 이야기를 들었는지 이 누님한 테 가르쳐주라, 응?"

"아니, 따지자면 4개월 더 빨리 태어난 내가 위인데……."

"아~ 쪼잔하다, 쪼잔해. 내가 늘 말했잖아. 금방 따라잡을 거라고."

"그걸 따라잡으려면 시공을 뛰어넘어야 하는데."

나는 열심히 머리를 굴렸다. 어떻게 이야기하면 좋을까.

"중요한 이야기이기는 했지. 하지만 구체적인 내용은 하나도 없었어."

나는 걸음을 옮기면서 카스카베와 했던 대화의 내용을 토이로에게 말해줬다.

"그렇구나. 카에데는 소중하지만, 역시 마음속 한구석에 는 나에 대한 감정이……."

이야기를 다 들은 토이로는 손가락을 둥글게 모아 턱을 받치면서 잠시 생각에 잠기는 것 같았다.

"응. 너한테 관심이 있는 것은 확실해 보여."

깨끗이 처리해야만 하는 감정이 남아 있는 걸지도 모른다.

나카소네는 그렇게 말했었다.

"하지만 그 이유는 여전히 애매하고……."

그렇다. 무슨 힌트 같은 말도 했지만, 결국 이유를 이야기해주지는 않았다.

우리는 한동안 말없이 길을 걸었다. 토이로가 무슨 생각을 하는지는 알 수가 없었다.

그 침묵의 힘도 빌려서 나는 이런 말을 꺼냈다.

"토이로, 넌 카스카베를 어떻게 생각해?"

그러자 토이로가 돌연 걸음을 멈췄다.

나는 임시 역할에 불과하다. 내게는 카스카베한테서 얻은 정보를 의도적으로 숨길 자격이 없다.

"내가 봤을 때는 딱히 나쁜 녀석 같지는 않았어. 진짜인지 아닌지는 몰라도, 소문은 사실이 아닌 부분이 많다고 했고. 대화하기도 편하더라."

"그랬구나."

"그래. 그게 내 감상이야."

"……하지만 걔는 내 타입이 아니야."

토이로는 곧바로 부드러운 미소를 짓더니 다시 걸음을 옮기기 시작했다.

나는 내 발언이 실수였다는 사실을 뒤늦게 깨달았다.

토이로의 반응이 그걸 보여주었다.

대화의 템포가 평소와는 다르고 걷는 속도도 약간 느리다.

소꿉친구라서 알 수 있는 사소한 위화감. 나는 집에 도착할 때까지 그 위화감을 계속 느껴야만 했다.

☆

──큰일 났다, 안 되겠어, 평소처럼 행동할 수가 없어.

마사이치가 이변을 눈치챘다.

내가 먼저 어떻게든 해야 하는데.

정말로 사귀는 것도 아니면서, 그런 것까지 바랄 수는 없으니까…….

한 주간 열심히 학교생활을 하고 토요일이 찾아왔다.

나한테는 평소 같으면 덩실덩실 춤을 추고 싶을 정도로 즐거운 주말이지만(주로 밤새도록 놀다가 다음 날 늦잠을 잘 수 있으니까), 이상하게도 오늘은 그렇게까지 가슴이 설레지 않았다.

어제 마사이치와 헤어진 다음부터 나는 은근히 맥이 없었다. 멍하니 시간의 흐름에 몸을 맡긴 채 저녁밥을 먹고 목욕을 하는 등, 일상을 무의식적으로 보내고 있었다.

오늘은 아침부터 쇼핑을 나갔다. 내일 약속인 가을 축제에 입고 갈 유카타를 사기 위해서. 우라라가 그것을 도와줬다.

우라라는 내가 유카타를 몸에 대보기만 해도 매번 "귀여워, 잘 어울려, 최고야"라고 칭찬해줘서 정말 좋았다. 자존감이 미친 듯이 올라갔다. 이런 친구는 소중하다. 덕분에 쉽게 고르지 못하고 망설였지만, 제일 마음에 드는 걸 살 수 있었다.

우라라가 옷을 고를 때는 내가 최대한 찬사를 퍼부어줬다.

하지만 그러는 동안에도 내 마음은 집중 못 하고 표류하고 있었다.

이런 기분으로 마사이치의 방에 가서 분위기를 흐리고 싶지는 않다…….

결국 우라라와의 쇼핑을 끝내고 집에 돌아온 후에도, 나는 그냥 집에 있었다.

목욕을 마치고. 축축해진 머리카락을 수건으로 문지르면서 나는 내 방 침대에 앉았다. 그러자 좌식 테이블 위에 놔뒀던 새 유카타가 눈에 들어왔다.

내일은 내가 계속 기대했던 가을 축제.

정식 명칭은 '후루미야카이 신사 화톳불 축제'. 이 동네 신사에서 하는 소규모 축제인데, 그래도 매년 축제 분위기가 상당히 좋았다. 이날은 신사 부지에 화로를 여럿 설치해놓고 오후 7시가 되면 일제히 불을 붙이는데, 이걸 구경하려고 옆 동네에서 오는 사람도 있다.

한동안 유카타를 바라보고 있으니 어렴풋이 옛날 기억이 떠올랐다.

가을 축제는 지금까지 몇 번이고 갔다. 엄마와 함께 가거나, 우리 가족과 마조노 가족이 한꺼번에 가거나, 친구와 모여서 가거나.

그 중 딱 한 번. 초등학교 5학년 때, 마사이치와 단둘이 구경한 적이 있었다.

정확히 말하자면 맨 처음에는 마사이치의 누나인 세리

도 같이 있었는데, 도중에 무슨 일로 사라졌다. 결국 단둘이 남은 우리는 마음껏 그 축제를 만끽했다.

다코야키를 먹고, 볶음국수를 먹고, 소스 전병을 먹었다. 아, 그리고 또 빙수도 먹었던가. 그리고 사과 사탕과 솜사탕과 군옥수수도……. 뭐야, 끊임없이 먹기만 했구나. 참고로 다코야키나 볶음국수처럼 배부른 음식은 마사이치와 반씩 나눠 먹었다.

뭐, 그런 말도 있잖아? 배가 고프면 제대로 싸우지도 못한다고.

그 후에는 고리 던지기 점수로 시합하기도 하고, 탱탱볼 건지기에서 각자가 건진 공의 숫자를 비교하기도 하고, 사격 게임에서 누가 더 큰 경품을 획득할지 경쟁하기도 하고──그러다 제일 큰 곰 인형이 죽어도 쓰러지지 않아서, 우리 둘이 힘을 합쳐 쏘아 넘어뜨리기도 했었다.

그 곰 인형은 지금도 내 침대 머리맡에 놓여 있었다.

그렇게 마음껏 즐길 수 있었던 것은 마사이치와 같이 갔던 그때 한 번뿐이었다. 친구와 같이 가는 것도 좋지만, 그러면 친구를 신경 써야 하니, 마사이치와 단둘일 때는 매우 즐거웠다.

그러고 보니 그때 사진도 찍지 않았나?

나는 "얍" 하고 소리를 내면서 일어났다. 1층에 있는 일본식 방으로 갔다. 바로 얼마 전에 꺼내서 봤기 때문인지,

벽장을 열자마자 앨범이 바로 앞에 나와 있었다. 초등학생 시절의 사진이 보관된 앨범을 집어 들어 팔락팔락 페이지를 넘겨봤다.

찾았다.

신나게 닭튀김 노점을 손가락으로 가리키면서 마사이치의 손을 잡아끄는 유카타 차림의 나와, 별로 관심 없는 것처럼 반대쪽을 보고 있는 마사이치. 촬영한 사람은 세리일 것이다. 가게들을 둘러보기 시작했을 때는 아직 우리 곁에 있었던 모양이다.

아니, 그런데 마사이치. 이쪽 사진에서는 애니메이션 캐릭터 가면을 사서 머리에 쓰고 있잖아. 의외로 신이 났네. 귀여워.

어, 잠깐만. 여기서 나는 입가에 양념이 묻어 있잖아? 끔찍하다. 이 사진, 설마 마사이치네 집에도 있나?

한동안 앨범을 보고 나서 나는 최초의 사진을 스마트폰 카메라로 찍었다. 그리고 마사이치에게 보냈다.

어쨌거나 나는 역시 내일이 기대되는 것이었다.


최근에는 임시 관계이면서도 나는 진짜 커플을 자주 의식하고 있었다.

사전 협의를 하지 않은 커플 작업을 시도하기도 하고……
진짜와 임시의 경계선이 좀 애매해진 것 같기도 했다.

이런데도 우리가 진짜 커플과는 다른 이유는 뭘까.

그것은 우리의 관계가 진짜가 아니라는 점이 아닐까.

너무 당연한 이야기이지만, 이것이 가장 명확한 차이다.

진짜는 연인의 관계를 쌓아간다.

연애 상대로서 서로 좋아하는 사람들이다.

우리의 행동이 아무리 경계선이 애매해져도, 본질은 전혀 다르다.

소꿉친구와 연인은 다르다.

다르지 않다면 굳이 연인을 연기할 이유도 없다.

사루가야에게 가까이 다가가려고 노력하는 마유. 카스카베와 맺어지기 위해 최선을 다하는 카에데. 두 사람의 마음을 지금은 잘 이해할 수 있다.

하지만 그와 동시에, 지금은 그것을 원하는 것이 무서워졌다.

상대는 기억하지도 못할 정도로 사소한 말 한마디에도 일희일비하고. 그러느라 괜히 분위기를 이상하게 만들기도 하고…….

지금까지는 아무 생각 없이 그저 즐겁고 행복한 시간을 보내기만 했었는데……. 진짜가 되기를 원한다는 것에, 이토록 괴로운 일면이 있는 줄은 몰랐다.

이런 기분을 느낄 정도라면 차라리 소꿉친구로 지내는 게 나을지도——.

"……어쩌지. 난 모르겠어."

아무튼 내일은 분위기를 이상하게 만들지 않도록 노력하자. 모처럼 가는 가을 축제니까. 마음껏 즐겨야지.

나는 앨범을 덮고 끄으응 하고 크게 기지개를 켰다. 이어서 휴 하고 한숨을 푹 내쉬었다.

……마사이치는 지금쯤 무슨 생각을 하고 있을까.

마사이치, 보고 싶다.

*

어제 게임 센터에서 돌아오는 길에 카스카베에 관한 이야기를 했을 때부터 토이로의 상태가 이상하다.

이유는 짐작이 갔다. 내 탓이다. 반성한다.

다만 이후의 반응이 뭔가 석연치 않다. 토이로는 그 후한 번도 나에게 연락을 하지 않았다.

오늘 낮에 나카소네와 같이 외출한다는 이야기는 들었다. 하지만 저녁에 집에 돌아오면 내 방으로 놀러 올 줄 알았는데…… 벌써 밤이 되었다.

도대체 뭐 하는 걸까. 아직 토이로는 어제 일을 고민하는 건가.

토이로가 그런 고민거리를 다음 날까지 질질 끌고 가는 것은 드문 일이었다.

그게 그 정도로 심각한 일이었나.

목욕을 마치고 나는 내 방의 책상 의자에 앉아서 천장을 우러러보며 멍하니 생각에 잠겼다.

부우우웅, 부우우웅.

책상 위에 있는 스마트폰이 진동했다. 나는 등받이에 기대어 있다가 확 일어나서 그 화면을 확인했다.

"……뭐야."

내가 기다리던 상대가 아닌, 전혀 예상치 못했던 인물이었다. 나는 눈살을 찌푸리고 전화를 받았다.

『야, 토이로랑 무슨 일 있었어?』

처음부터 다짜고짜 본론이 날아들었다.

"왜 그렇게 생각하는데?"

그러자 나카소네의 한숨 소리가 들려왔다.

『모를 리가 없잖아. 우리가 얼마나 오래 같이 있었는지 알아?』

그런가. 설마 소꿉친구인 내가 그런 말을 듣는 날이 올 줄은 몰랐다. 나는 전투력이 최소 13년이다. ……누가 더 토이로와 오래 사귀었는지 대결이냐.

하기야 나카소네는 나와 토이로가 소꿉친구인 걸 모르지.

『오늘 같이 나갔는데, 그렇게 멍하니 있으면 모를 수가 없지. 내내 마음이 다른 곳에 간 느낌이었어. 그리고 웃을 때 평소보다 웃음이 좀 짧았어.』

과연 대단하다고 해야 하나. 정말로 토이로를 잘 관찰하고 있구나.

"그래서? 그게 왜 내 이야기가 되는데?"

『무슨 소리야. 토이로가 그런 식으로 고민할 일이 너 말고 또 뭐가 있어?』

"그, 그래?"

『응, 상식이지.』

상식이라니. 나카소네가 말하니 묘하게 설득력이 있었다.

『카에데한테 이야기를 들었어. 게임 센터에서 만났다면서? 그때 무슨 일이 있었어?』

정답이었다. 나카소네는 그런 사정을 전부 다 알고 있는 듯했다.

"뭐…… 그렇다고 할 수 있지……."

『답답하게 굴지 말고 무슨 일이 있었는지 말을 해봐.』

지금까지 그녀에게 몇 번이나 토이로에 관해 상담한 적이 있었기에, 나는 이번 일도 나카소네한테는 이야기해도 될지도 모른다는 생각이 들었다.

"어제 그 게임 센터에서 카스카베와 단둘이 대화할 기회가 있었는데——."

나는 나카소네에게 어제 있었던 일, 그리고 현재 나와 토이로의 상황을 말해줄 수 있는 범위 내에서 말했다.

"그래서 카스카베가 나쁜 녀석 같지는 않다고 했는데,

그 뒤부터 말이 부쩍 없어졌어."

나도 아직 상황을 잘 정리하지 못했으므로, 하나하나 곰곰이 생각해보면서 단어를 골라 말했다.

나카소네는 잠자코 나의 이야기를 들어줬다. 희미하게 숨 쉬는 소리만이 그녀가 이야기를 듣고 있음을 가르쳐줬다.

"어쩌면 내가 억지로 카스카베를 자기한테 좋게 소개해주는 것처럼 느꼈는지도 모르겠어⋯⋯. 그럴 생각은 아니었는데."

거기서 나는 일단 이야기를 끝냈다. 뭔가 빠뜨린 것이 없는지 기억을 되짚어봤지만⋯⋯ 특별히 그런 것은 없는 듯했다.

그 침묵을 잠시 기다렸다가 나카소네는 천천히 입을 열었다.

『⋯⋯자기가 좋아하는 남자가 딴 남자를 좋게 소개하면 그야 짜증이 나겠지.』

지당한 말이다. 하지만 우리 관계에서는 예외다. 애초에 우리는 연인이 아니니까.

게다가 토이로는 짜증이 난 게 아니라 울적한 분위기였다.

『하지만 토이로는 아마도 그런 걸로 화내지는 않을 거야. 그 애는 본질을 잘 꿰뚫어 보는 타입이니까. 좀 더 근본적인 걸 생각하고 있는 게 아닐까.』

"근본적인 거라니?"

그러자 나카소네는 휴 하고 한숨을 쉬었다.

『스스로 생각을 좀 해봐. 토이로가 불쌍하다. 그건 네 일이고, 네 감정의 문제잖아——.』

나카소네와 통화를 마치고 스마트폰을 봤더니 어느새 토이로의 메시지가 와 있었다.

『이거 봐! 감성이 마구 자극되지 않아?』

아마도 이미지 하나가 같이 날아온 것 같았다. 나는 초조하게 이미지를 열어보았다.

어린 시절에 둘이서 가을 축제에 놀러 갔을 때 찍은 사진이었다.

노점을 보고 신이 나서 내 손을 잡아끄는 토이로. 그 모습에 내 시선이 고정됐다.

그래, 확실히 이건, 감성이 마구……

보고 있자니 그리움이 울컥 솟아올라 내 가슴을 채웠다.

뇌리에 그 당시의 광경이 되살아났다——.

내일 토이로와 같이 가기로 약속한 가을 축제에는 초등학교 시절에도 둘이서 가본 적이 있었다. 정확히 말하자면 우리 누나인 세리나도 같이 갔었는데, 도중에 세리나는 동급생 친구를 발견해 그쪽으로 놀러 가버렸다. 뭐, 그래도 부모님이 주신 돈을 지갑에 넣어서 목에 걸고 있었으므로 딱히 문제는 없었다. 지금 생각해보면, 초등학생한테 그렇게 하는 것은 부주의한 짓이었을 테지만……

맨 처음에는 싫어했던가. 나는 집에서 계속 게임을 하고 싶어 했는데, 토이로가 "가고 싶어, 가고 싶어" 공격으로 그런 나를 끌고 나왔던 것 같다. 그런데 막상 가보니까 재미있어서 순식간에 시간이 흘러갔었다.

정말로 좋은 추억이었다.

그런데 실은 노점 구경을 마친 후에 있었던 일이 내 머릿속에는 가장 인상적으로 남아 있었다. 밤이 되어 어두워지기 직전, 신사와 붙어 있는 공원에 빙수를 사 가서 둘이서 먹었을 때의 일이다.

토이로와 같이 앉아 있는데 저쪽에서 우리와 같은 학년의 남자애들 네 명이 걸어오는 것이 보였다. 즉시 나는 눈을 피했지만, 상대는 나를 눈치챈 것 같았다.

『어, 저거 마조노 아냐?』『진짜다. 여자랑 같이 있네?』『진짜? 누구?』『쿠루미잖아, 2반 여자애.』

그런 이야기가 귀에 들려왔다.

나와 토이로는 대화를 중단하고 고개를 좀 숙인 채 그 남자들이 지나가기를 기다렸다. 남자가 여자와 단둘이 놀고 있으면 놀림 받을지도 모른다. 좋아하는 애가 누구인지 친구에게 고백하는 것조차도 큰 사건인 나이였다.

결국 그때는 직접 놀림을 당하진 않았다. 그 남자들은 그대로 지나갔다.

시끄러운 축제의 소음이 다시 귀에 들리기 시작했다. 잠시 후 토이로가 앳된 목소리로 이렇게 말했다.

"너도 그냥 남자들이랑 같이 왔으면 좋았을 텐데."

"글쎄……."

"아, 맞다. 마사이치는 없지? 같이 올 친구가."

"야! 같이 가자는 소리는 들었어! 내가 거절한 거야."

"에이, 진짜~?"

키득키득 하고 어린애같이 웃는 토이로. 그래서 나는 꽁해졌을 것이다.

정말로 그때 나는 다른 남자 친구한테서 축제에 같이 가자는 말을 들었다. 초등학교 시절까지는 아직 친구가 있었다.

그러나 이왕 축제에 간다면 토이로와 같이 가고 싶었다. 제일 마음이 편하고 즐겁고, 또 왠지 모르게 토이로가 아닌 누군가와 축제를 보러 다니는 내 모습이 상상되지 않았다.

그렇게 생각해서 남자들의 제안을 거절했었다.

그런데 내가 일부러 남의 제안까지 거절하고 이렇게 축제장에 왔는데…….

토이로는 그냥 축제에 갈 수만 있다면 상대는 누구든 상관없었던 걸까.

그게 몹시 걱정되기 시작했다.

"……토이로, 너는? ……여자애들이랑 같이 오지 않아도 되는 거였어?"

나는 조심스럽게 물어봤다. 그러자 토이로가 "후훗" 하고 입을 다물고 웃었다.

"나도 같이 가자는 소리는 들었어."

"헉, 진짜?"

"응. 교실에서 자주 같이 있는 여자애들한테."

그 무렵에는 토이로는 지금처럼 모든 사람의 중심이 되어 신나게 노는 타입은 아니었지만, 결코 친구가 없는 외톨이는 아니었다. 학교생활을 하면서 함께 행동하는 수준의 친구는 같은 반에 몇 명쯤 있었을 것이다.

"그, 그랬구나. ……그런데 그쪽 친구랑 같이 안 놀아도 돼?"

좀 전에 토이로가 나에게 했던 것과 비슷한 대사를 나도 토이로에게 던져봤다. 그러자 또다시 토이로가 웃었다. "후후후훗" 하고 왠지 기뻐하는 듯한 웃음이었다.

"마사이치. 난 너랑 같이 있는 게 좋았어."

"뭐?"

나는 놀라서 토이로의 얼굴을 봤다.

"난 마사이치랑 같이 오고 싶었던 거야."

마사이치랑 같이 있으면 편안하고, 말이 잘 통하고, 이것저것 신경 쓸 필요도 없고, 무조건 즐거우니까. 마사이 치랑 같이 가는 거니까 축제에 가고 싶다고 생각했어.

토이로가 이야기해주는 이유를 듣자 나는 온몸의 긴장이 풀렸다.

지금도 확실히 기억한다. 토이로의 속마음을 듣고 나는 안심했었다.

등받이에 몸을 기댄 채 멍하니 생각에 잠겨 있던 나는 갑자기 벌떡 몸을 일으켰다.

──토이로도 그때의 나와 같은 기분인 게 아닐까?

우리는 임시 관계이며 철저히 그 관계를 바탕으로 행동해왔다. 그것은 무척 올바른 행동이었지만, 그렇다면 내 마음은 어디 있단 말인가?

어린 시절부터 이미 답은 나와 있었다.

그런데 나는 그 답을 예나 지금이나 상대에게 말해주지 않았다.

나카소네의 말이 생각났다. 내 감정은 그런 거였구나…….

나는 다시 의자에 기대어 앉아 천장을 우러러봤다.

토이로는 지금 무슨 생각을 하고 있을까.

지금 당장 토이로가 보고 싶어졌다.

*

슬리퍼를 신고 밖에 나갔다. 그때 옆집 마당의 대문이 끼이익 소리를 냈다.

어쩌면 그런 일이 있을 수도 있겠다고 생각은 했지만, 정말로 완벽한 타이밍이라 깜짝 놀랐다.

진짜 우연의 일치였지만…….

"안녕?"

내가 슬쩍 손을 들자, 토이로도 "안녕?" 하고 가볍게 대꾸했다. 그리고 부드러운 미소를 지었다.

내가 현관에 멈춰 서 있으니까 토이로가 문 뒤에서 얼굴을 쏙 내밀었다.

"……에헤헤, 나 왔어."

"……응."

"……어—, 내일 스케줄에 관해 이야기하고 싶어서."

"그렇구나. ……일단 내 방으로 올래?"

내 말에 토이로는 고개를 끄덕이고 마당으로 들어왔다. 우리는 둘이서 방으로 이동했다.

"……시간 있어? 게임이나 하고 갈래?"

"응, 괜찮아! 하자, 하자!"

"그래. 뭐 할래?"

"마사이치, 넌 오늘 뭐 했어?"

"오늘은…… 어, 게임은 스마트폰 게임만 했어. 아침부터 내내 만화책만 읽었어."

나는 힐끗 책상을 향해 눈짓했다.

"앗, 저건 저번에 만화 카페에서 읽었던 거잖아!"

"응. 너무 궁금해서 충동 구매했거든."

"뭐? 나도 같이 사 모으기로 했잖아!"

"아마 15권까지 나왔을 테니까, 이거 뒤에도 아직 남아 있어. 토이로, 너도 도와줘야 해."

"좋아, 알았어! ……저기, 그럼 게임은 관두고 이거 읽어도 돼?"

"응. 그럼 나도 이어서 읽어야겠다."

그리하여 우리는 나란히 침대에 기대어 앉아 만화책을 읽기 시작했다.

뭔가 재미있는 장면이나 놀라운 내용이 있으면 토이로가 그 페이지를 나한테 보여주면서 보고를 해줬다. 나도 대부분 같은 감상을 느꼈으므로 "그렇지?!" 하고 공감할 수 있었다.

그러는 도중에 나는 토이로의 옆얼굴을 곁눈질로 힐끔 훔쳐봤다.

낮에는 무미건조하게 보이던 실내가 지금은 무척 화사해 보였다. 우리 집의 내 방인데도, 신기하게도 토이로가 있는 것이 좀 더 안정감 있게 느껴졌다.

그날 밤 우리는 평소와 마찬가지로 즐겁게 소꿉친구 작

업을 했다.

그러나 우리 둘 사이에 존재하는 뭔가 개운치 않은 것에 대해서는, 끝까지 언급하지 않았다.

『특별한 날 같은 분위기를 내고 싶어.』

어제 토이로가 그런 말을 했으므로, 이번 가을 축제에는 신사 앞에서 만나기로 했다.

같이 외출할 때는 목적지가 어디든 간에 집에서부터 둘이서 함께 출발하니까. 그건 확실히 특별한 느낌이었다.

하지만 일단 집에서 모였다가 나가는 데에는 그 나름의 의미도 있었는데…….

"……안 오네."

그날 나는 혼자 신사의 기둥 문 앞에서 지각한 토이로를 기다리고 있었다.

——역시 집에서 같이 출발할 걸 그랬나. 적어도 말은 한번 걸어볼걸…….

주위는 아직 밝았지만, 지금은 오후 5시가 넘은 시각이었다. 아무리 그래도 늦잠을 자지는…… 아니, 낮잠을 잘 가능성은 있구나.

아냐, 진정해. 아직 약속 시간 이후로 10분밖에 안 지났잖아.

평소의 토이로라면 그 정도 지각은 기본이다. 나도 그것은 잘 알고 있었다. 다만 괜히 초조함이 솟구쳐서 마음이 불안해지는 것이었다. 초등학교 소풍 전날에도 전혀 동요하지 않는 강철 멘탈의 소유자였는데……. 소풍은 오히려 좀 귀찮아했었고.

뭐, 아무튼 그래서 나는 인파 속에서 토이로의 모습을 찾으면서 혼자 대기하고 있었다.

시끌시끌한 소음과 더불어 북과 피리로 연주하는 전통적인 축제 음악 소리가 들려왔다. 가까운 곳에는 작고 동글동글한 베이비 카스텔라를 파는 노점이 있어서 이 주변에는 달콤한 향기가 감돌고 있었다.

경내로 들어가는 길에는 빨간색과 하얀색 등롱이 매달려 바람에 한들한들 흔들리고 있었다. 그 밑에서는 내 키만큼이나 큰 까만색 화톳불 화로가 묵직하게 자리를 잡은 채 불을 붙여주기를 기다리는 중이었다.

알록달록한 유카타를 입은 소녀들이 신나게 떠들면서 기둥 문 사이로 지나갔다. 그 광경을 본 나는 무심코 어제 토이로가 보내줬던 사진 속 토이로의 모습을 떠올렸다. 그때는 토이로도 나와 같이 온 축제에서 신나게 놀고 있었다.

……오늘은 어떨까.

"미안, 오래 기다렸어?"

옆에서 익숙한 목소리가 내게 말을 걸었다. 어느새 멍하니 서 있었던 나는 정신을 차리고 그쪽을 돌아봤다.

그리고 무의식중에 헉, 숨을 들이켰다.

연한 화살 깃 무늬가 들어간 하얀색 바탕 위에 빨간색과 분홍색 매화꽃이 여기저기 흩어져 있는 유카타 차림. 밝은 자주색인 캐주얼한 넓은 허리띠는 볼륨감이 있어서 화려했고, 같은 색깔로 맞춰놓은 왜나막신의 끈도 버선의 하얀색과 대비되어 선명하게 보였다.

갈색 머리카락은 양쪽 아래로 갈라서 동그랗게 묶었고, 거기에 섬세한 전통 공예 머리핀을 곱게 꽂았다. 훤히 드러난 예쁘장한 귀에서는, 동그란 거북이 등껍질 세공품에 금빛 그물 잎사귀가 달린 귀걸이가 달랑달랑 흔들리고 있었다.

이건…… 특별한 날이 될 것 같구나.

"……기다렸어. 엄청 기다렸다고. 기다리다 지쳤어."

"우와앗, 그냥 '나도 방금 왔어'로 끝날 줄 알았는데, 내 잘못을 추궁하는 거야?!"

나한테 가까이 다가온 토이로가 깜짝 놀란 얼굴로 후퇴하는 척을 했다.

"'나도 방금 왔어'라는 거짓말로 원만하게 끝내주는 것은 만화에서나 있는 일이야. 나는 어젯밤부터 쭉 기다렸거든?"

"철야를 했다고?!"

내 말에 토이로가 깔깔 웃었다.

정말로 어제부터 기다렸는데 말이지. 이 시간을.

어쨌든 토이로가 늦게 온 이유는 어쩐지 알 것 같았다. 내가 그 유카타 차림을 다시 한번 쳐다보자, 그것을 눈치챈 토이로가 "킥킥킥" 하고 웃었다.

"어때? 어때?"

양팔을 벌리고 슬쩍 몸을 비틀면서 나에게 보여줬다.

"100점."

여자애의 복장을 보고 기나긴 감상을 늘어놓을 정도의 어휘력은 없었다. 하지만 토이로를 상대로 예쁘다, 아름답다, 뭐 그런 말을 하는 것도 왠지 부끄러웠다.

그런데 그 대답에 불만이 있으셨나 보다. 토이로는 뾰로통한 표정을 지었다.

"으음, 한마디 더 해봐!"

"어, 그럼, 120점."

"으음⋯⋯ 뭐, 그래. 좋아."

"와, 끝났다!"

내가 그렇게 말하자, 토이로가 너 비겁해~란 식으로 지그시 쳐다보면서 팔꿈치로 꾹꾹 내 팔을 찔렀다.

어느새 주위는 다소 어두워졌다. 가로등 불이 켜지기 시작했다. 그것이 신호인 것처럼 우리는 서로 얼굴을 마주 봤다. 그리고 걸음을 뗐다.

"10월의 가을 축제이니까. 이제 슬슬 더위도 가셔서, 유카타도 좀 더 차분한 색깔로 하려고 했는데……. 가게에서 예쁜 옷을 발견해서 충동적으로 사버렸어."

"아, 그래……."

그런데 아직도 좀 전의 그 대화가 은근히 이어지고 있는 듯한 분위기라서…….

"자, 잘 어울려. 진짜로. 티셔츠 입고 네 옆에 있는 것이 미안해질 정도야."

나는 앞을 보면서 조그맣게 속마음을 털어놨다.

힐끔 옆을 봤더니 토이로는 기쁘게 웃고 있었다. 줄줄이 늘어서 있는 노점들의 밝은 빛을 받아 그 얼굴이 발그스름 하게 보였다.

"괜찮아. 티셔츠처럼 가벼운 패션이면 돼. 봐, 여자만 유 카타를 입은 커플도 많잖아?"

듣고 보니 정말로 남자만 평범한 옷을 입고 있는 커플도 적잖이 있었다.

"마사이치, 넌 그걸로 충분해. 그냥 내가 의욕이 넘쳤던 거지."

여자 친구이니까──. 그렇게 마지막으로 소음 속에 묻 혀 사라질 것같이 작은 목소리로 토이로가 중얼거렸다.

우리는 나란히 걷다가 그대로 경내에 들어가는 인파에 합류했다.

"있잖아, 마사이치. 저기 탱탱볼 건지기가 있어!"

"오, 그럼 시합할까?"

토이로가 자신만만한 미소를 지었다. 나도 히죽 웃으며 고개를 끄덕였다.

돈을 내고 종이 뜰채를 받은 뒤, 우리는 비어 있는 공간을 찾아내서 둘이 쪼그려 앉았다. 토이로는 손에 들고 있던 조그만 복조리 가방을 무릎에 올려놓고 유카타 소매를 걷어붙이더니, 당장 적당한 사냥감을 찾기 시작했다.

"건진 공의 개수로 경쟁하는 거야?"

내가 그렇게 물어봤더니.

"그래. 귀찮으니까 크기는 무시하자."

토이로가 동의했다. 그리고 뜰채를 물에 넣었다.

뜰채의 각도는 수면과 비스듬하게. 종이는 가능한 한 물에 젖지 않게, 테두리를 이용해서 파란색 작은 공을 신중하게 떠낸다. 그리고 반대쪽 손으로 수면에 닿을락 말락하게 들고 있는 그릇 속에다 재빨리 공을 집어넣었다.

그런 토이로의 움직임을 본 나는 무심코 입을 열었다.

"야, 잠깐만. 그 숙련된 전문가의 움직임은 뭐야?"

"응? 글쎄, 난 평소에도 이런데."

이 정도는 평범하다는 듯한 말투였다. 그런데 토이로 씨, 그렇게 말씀하시면서 입술이 삐죽 튀어나와 있는데요. 거짓말로 대충 얼버무리려고 할 때의 말투였다.

"아니, 탱탱볼 건지기는 평소고 뭐고 없잖아. 설마 네 인생은 1년 내내 축제야?"

"윽, 들켰으니 하는 수 없지. 이날을 위해서, 어, 실은 어제 동영상과 공략 기사 같은 것을 보고 연구했거든. 얍."

그렇게 이야기하면서 토이로는 가볍게 두 번째 공을 건져냈다.

──크윽, 설마 토이로도 나와 같은 생각을 했을 줄이야.

나도 토이로를 따라잡으려고 눈앞의 공을 노리면서 뜰채를 내렸다. 여기서 사용하는 것은 뜰채의 뒷면이다. 뜰채의 종이는 앞면에 붙어 있으므로, 뒷면은 뜰채 테두리가 툭 튀어나와 있다. 그 테두리에 공을 걸쳐서 건져내는 것이 철칙이다.

그리고 이것은 좀 전에 토이로도 했다. 나는 검색하자마자 나온 것을 체크했으니까, 아마 토이로도 같은 공략 사이트를 봤을 것이다.

"앗, 마사이치, 네 이놈!"

토이로가 깜짝 놀란 얼굴로 나를 돌아봤다. 내 행동을 보고 토이로도 모든 것을 깨달은 것이리라.

"너 말투가 어느새 배틀 만화의 말투가 됐다?"

이것도 소꿉친구 사이에서는 흔히 있는 일일까. 왠지 모르게 오늘은 탱탱볼 건지기로 싸우게 될 거라는 예감이 들었다. 어제 사진을 보고, 어린 시절에 갔던 가을 축제가 기억났기 때문일지도 모르지만.

　그래서 탱탱볼 건지기에 대비하여 준비했던 건데⋯⋯
뭐, 결국 둘 다 생각하는 것은 똑같다는 거겠지.

　나는 가볍게 착착 공을 건졌다. 토이로도 대항하듯이 속
도를 올렸다.

　"토이로, 제법이다?"

　"마사이치, 너도."

　"이러다간 가게 망하겠는데?"

　"출입 금지를 당할지도 몰라!"

　기고만장해진 우리는 그런 대화를 나누고 있었는데⋯⋯.

　하룻밤 동안 공략 방법을 봤을 뿐이지 실전 경험은 쌓지
못했던 우리에게는, 그것은 너무 거만한 말이었다.

　"으, 물이 가운데까지⋯⋯."

　"악, 찢어졌어!"

　뜰채를 다루는 솜씨가 미숙해서 그런지, 금방 종이가 물
에 못 버티고 찢어지고 말았다. 그래도 아직 종이가 남아
있는 반대쪽을 이용해 힘겹게 공의 개수를 늘려나갔다.

　그러나――.

　"야, 너 물결 일으키지 마! 일부러 그러는 거지!"

　"아닌데~? 힘이 좀 넘쳐서 그런 건데~?"

　"아~ 그렇게 말하시겠다? 알았어, 그럼."

　"꺅, 고, 공을 이쪽으로 날리지 마!"

"어이쿠, 손이 미끄러졌네."

그런 무의미한 짓을 하다가 3분도 버티지 못하고 시합 종료.

건져낸 것 중에서 마음에 드는 탱탱볼 다섯 개는 가져가도 된다고 한다. 그래서 마음에 드는 공들을 고른 다음에 나머지는 물속에 돌려놓기로 했다.

"열여덟, 열아홉, 스물——."

토이로의 소리에 맞춰 우리는 동시에 하나씩 공을 물에 던져 넣었다. 남은 공이 다섯 개가 됐을 때, 나는 무심코 토이로의 얼굴을 쳐다봤다. 토이로도 힐끔 내 그릇을 보더니 놀란 것처럼 고개를 들었다.

"스물여섯, 스물일곱, 스물여덟, 스물아홉, 서른—— 끝!"

우리는 동시에 마지막 공 하나를 던졌다.

"설마 무승부일 줄이야……."

"굉장하네. 실력이 똑같았나 봐."

우리 둘 다 오늘은 탱탱볼 건지기를 할 거라고 예상했고, 그래서 어젯밤부터 요령을 공부했고, 결국 같은 개수의 공을 건져내서 시합 종료. 엄청난 우연의 일치였다.

"그때 네가 물결만 일으키지 않았어도……."

"아~ 비겁한 변명이다. 물결이라니, 그건 자연 현상이잖아?"

"탱탱볼 건지기에 자연적인 요소가 어디 있어?!"

"분하면 네가 이기면 되잖아! 자, 다음은 뭐로 시합할래?"

토이로는 신이 나서 두리번두리번 주변을 둘러보며 일어났다. 나도 탱탱볼을 넣은 작은 봉지를 들고 천천히 몸을 일으켰다.

하늘은 완전히 어두워져서 노점들의 불빛이 한층 더 눈부셔 보였다. 오가는 사람들도 아까보다 더 늘어난 것 같았다. 축제의 밤도 지금부터 진짜 본격적으로 시작되는 걸까.

지금부터가 진짜. 그러니까 조금 더 기다리자——.

나는 몰래 속으로 다짐하듯이 말했다.


사격 게임을 하고, 물풍선 낚시를 하고, 제비뽑기도 했다. 시합은 1승 1패로 호각. 제비뽑기에서는 우리 둘 다 참가상밖에 못 뽑았는데……. 진짜 저기에 당첨 제비가 있는 걸까?

그리고 틈틈이 토이로의 주도하에 적당히 배도 채웠다. 볶음국수와 다코야키를 먹고 추가로 감자튀김과 닭튀김도 샀다.

"이런 때 소꿉친구라는 것은 참 좋다, 그렇지?"

토이로가 닭튀김 한 팩을 손에 들고 그렇게 말했다. 그 시선은 팩 안에 있는 레몬에 꽂혀 있는 것 같았다.

"아, 그래. 자기 마음대로 레몬즙을 뿌리는 녀석이 있다는 소문은 나도 인터넷에서 봤어."

"그래, 그거! 닭튀김이랑 레몬은 안 어울리잖아?"

"맞아, 안 어울려. 그런데 상대의 동의도 없이 레몬즙을 자기 마음대로 뿌리다니, 그건 완전히 과격파잖아."

"그렇지? 레몬파는 너무 과격해! 닭튀김은 대체로 이미 양념이 되어 있는데. 아무튼 그런 감각을 공유한다는 것은 역시 편하다니까."

그러면서 토이로는 닭튀김을 우물우물 먹으며 웃었다.

우리는 음료수를 사 들고 잠시 걸었다. 노점들이 늘어서 있는 길을 빠져나오자 신사의 참배용 건물인 배전(拜殿)이 나왔다. 주위에는 솔숲이 있어서 그곳은 다소 어두웠다. 크고 작은 화톳불 화로가 몇 개 눈에 띄었지만, 아직 주위에는 사람이 적어서 느긋하게 머물 수 있었다.

나는 토이로가 들고 있는 팩에서 닭튀김을 하나 집어 먹었다. 그 대신 내가 들고 있는 감자튀김을 슬쩍 내밀면서 보여주자, 토이로는 "아~" 하고 입을 벌렸다.

나는 음료수 페트병을 뒷주머니에 넣어뒀지만, 토이로는 옷에 수납공간이 없어서 양손으로 물건을 들고 있었다.

감자튀김 하나를 뽑아 내밀었다. 토이로는 냠! 하고 기세 좋게 뛰어들어 그것을 물었다.

"나 방금 손가락까지 먹히는 줄 알았어."

"감자튀김과 소시지인 줄 알았지."

"와, 진짜로 먹으려고 했던 거야?"

하마터면 병원에 실려 갈 뻔했다.

"농담이야, 농담. 하나 더 줘!"

그렇게 웃으면서 말하는 토이로. 나는 또 감자튀김을 줬다. 그러자 토이로가 받아먹고는 또다시 "아~" 하고 입을 벌렸다. 그래서 하나 더 먹여줬다.

왠지 동물에게 먹이를 주는 기분이었다. 토이로도 재미를 붙였는지 박자 맞춰 리드미컬하게 "아~" 하고 입을 벌렸다. 그런 속도로 먹으면 순식간에 다 없어질 텐데……라고 생각하면서 내가 다음 감자튀김을 내밀었을 때.

내 집게손가락이 뭔가 딱딱한 것들 사이에 끼워졌다. 그렇게 생각한 직후에, 미지근하고 축축한 감각이 집게손가락을 감쌌다.

두려워하던 사고가 발생한 것이다.

신이 나서 연달아 감자튀김을 먹던 토이로가 실수로 내 손가락을 덥석 문 것이다.

"!"

토이로가 깜짝 놀란 표정으로 내 얼굴을 쳐다봤다. 손가락은 여전히 입에 들어가 있었다. 한 박자 늦게 상황을 파악했는지, 토이로의 얼굴이 화르르 불타듯이 빨개졌다.

온몸의 움직임을 담당하는 신경이 손가락에 있기라도 한 걸까. 그런 이야기는 들어본 적이 없지만, 이상하게도 나는 몸을 움직일 수 없었다. 그리고 이유는 몰라도 마치 손가락의 감각만 예민해지는 것처럼 토이로의 입안의 부드러움과 피부에 닿는 입김의 따뜻함이 생생하게 전해져 왔다.

아니, 저기요, 토이로 씨. 굳어 있지 말고 빨리 입을 열어주시겠어요……?

나는 가까스로 그 손가락을 움직였다. 그러자 토이로가 정신을 차렸는지 몸을 움찔했다. 그리고 마침내 토이로의 입이 벌어져 내 손가락이 해방됐다.

"미, 미안. 일부러 그런 것은 아니야."

토이로가 두 손 모아 빌면서 사과했다.

"으, 응."

그것은 나도 알았다. 단순한 사고란 것은.

하지만 이런 경우에, 평소의 토이로라면 좀 더 다른 방식으로——.

"어휴, 엄청나게 부끄러웠거든요?"

토이로가 그런 말을 하더니 민망함을 숨기려는 것처럼 웃었다.

"그건 내가 할 말이야."

부끄럽고 멋쩍었다. 괜히 당황하여 허둥거렸다.

"우, 우리, 분위기 바꾸자. 아까처럼."

"그, 그래. 아까까지 무슨 이야기를 하고 있었지……?"

"아, 그거야. 닭튀김 이야기였어."

"맞다…… 소꿉친구는 참 좋다는 이야기였지?"

토이로가 "응, 그거"라고 맞장구를 쳤다.

"소꿉친구라는 관계는 역시 훌륭하지 않아? 서로 잘 이해하고 있으니까 재미와 안심과 편안함이 보장되는 거야. 최강이지?"

"……하긴, 그건 그런가."

나는 그렇게 대답하면서도 속으로는 '어쩌다 그렇게 된 건데?'라고 생각했다.

같이 노점들을 구경하고 다니는 것은 즐거웠다. 마치 초등학교 시절로 돌아간 것처럼 순수하게 신나게 놀았던 순간도 있었다.

그러나 한편으로는 토이로의 상태가 이상하다는 것도 나는 쭉 알고 있었다. 이따금 뭔가 생각하는 것처럼 뜸을 들이기도 하고, 가끔은 웃는 얼굴이 평소보다 좀 힘이 없어 보이기도 하고. 그런 사소한 차이점도 있지만, 그보다 결정적으로 평소와 다른 것은——.

오늘은 한 번도 연인 작업을 하자는 말을 꺼내지 않았다는 것이다.

오늘 처음 유카타를 입은 모습을 선보였을 때, 경내의 인파에 들어갔을 때, 노점에서 산 음식을 나눠 먹었을 때, 지금까지의 토이로였다면 틀림없이 뭔가 연인 작업을 하려고 했을 것이다. 아까 내 손가락을 실수로 먹을 뻔했을 때도 "이것은 서로 애정을 나누는 연인 작업이야" "커플이 라면 이 정도는 보통이지" 하고 억지 변명을 늘어놓아도 이상하진 않았을 것이다.

한데 그러기는커녕 지금은 소꿉친구의 장점을 강조하고 있으니……

저번에 게임 센터에서 돌아갈 때 있었던 일을 아직 마음에 두고 있는 걸까……?

어제 토이로가 보내준 어린 시절의 사진이 생각났다. 사진 속에서 토이로는 천진난만하게 내 손을 잡아끌고 있었다.

그 시절에는 그런 의도가 전혀 없었어도 자연스럽게 연인 작업을 했구나……

언제부터 그것은 소멸해버린 걸까.

그리고 오늘, 나는 문득 깨닫고 자신도 깜짝 놀랐다.

언제부터 나는 토이로가 제안하는 연인 작업을 은근히 기다리게 된 걸까——.

"야, 토이로."

가볍게 말을 걸려고 했는데 생각보다 좀 진지한 느낌이 되어버렸다.

"왜? 마사이치."

토이로는 의아하다는 듯이 고개를 들었다. 내 심각한 표정을 보고 눈을 가늘게 떴다.

나는 각오를 다지고 입을 움직였다.

"지금부터 진짜 연인 작업을 해볼래?"

그것은 최근에 토이로가 꺼냈던 말. 아마도 좀 더 현실감이 있는 연인 작업을 가리키는 말일 것이다. 지금 여기서 사용하기에 딱 좋은 말이라고 생각한다.

"진짜, 연인 작업……?"

"응. 이왕이면 저번에 했다가 무승부로 끝났던 연인 작업 게임의 세 번째 시합도 여기서 해치워버리자. 부끄러워하는 사람이 지는 거야."

"……그건 좋은데. 뭐 하려고?"

"잘 들어. 지금부터 시작하는 것은——."

——진심을 전해서 관계를 회복하려는, 어긋난 커플 작업이야!

나는 힘차게 그 대사를 뱉고 나서 토이로의 반응을 살펴봤다.

토이로는 처음에는 어리둥절한 것 같았지만.

"……우와. 그건 상당히 현실감이 있네."

그렇게 말하면서 마지막에는 희미한 미소를 지어줬다.

토이로도 틀림없이 우리의 관계가 어긋난 것을 눈치챘

을 것이다. 슬슬 그런 이야기를 해봐야 한다고 생각했을지도 모른다. 부정하는 말은 나오지 않았다.

"신사 뒤로 갈까. 그쪽에는 사람이 없으니까."

"……그래."

우리는 차분하게 대화할 수 있는 장소로 걸어가기 시작했다.


주위가 한층 더 어두워졌다. 배전 옆으로 빙 돌아간 우리는 달빛에 의지하여 건물의 석조 기단 위에 나란히 앉았다. 주위에는 아무도 없었다. 펑펑 삐리리 하는 축제 소리가 멀리서 들려왔다.

이미 진짜 연인 작업을 하겠다고 선언했다. 또 잡담이나 하면서 대화의 실마리를 찾을 필요도 없었다. 나는 살짝 마른침을 삼키고 즉시 본론으로 들어갔다.

"──그때 그 말은 취소…… 아니, 거기에 덧붙이고 싶은 말이 있어."

나를 보는 토이로의 눈동자가 한순간 불안하게 흔들렸다.

"……그때라니?"

그것은 게임 센터에서 후나미, 카스카베와 만난 뒤 집으로 돌아가는 길에.

토이로와 카스카베에 관해 이야기했던 그때를 말하는 것이었다.

"그때 내가 물어봤잖아. 넌 카스카베를 어떻게 생각하느냐고. 나쁜 녀석은 아닌 것 같다고 하면서."

내가 그렇게 말하자, 토이로는 조용히 고개를 끄덕였다.

최근에 토이로는 진짜 연인 작업이라는 말을 사용하기도 하면서 나와의 임시 관계를 "이렇게 하고 싶어!"란 식으로 적극적으로 발전시켜 나갔다. 그것은 나도 아주 잘 알고 있었다. 우리의 태도에 온도 차이가 있다는 것도 어렴풋이 느꼈었다.

한편 나는 여전히 임시라는 단어에 사로잡혀 있었다. 임시 남자 친구라면 "이렇게 하지 않으면 안 된다"는 식으로 행동했다.

어떻게 하면 좋을지 몰랐다.

자신은 단순히 임시 남자 친구에 불과하다. 그런 존재가 도대체 얼마나 주제넘게 행동해도 되는 걸까.

임시 존재에 불과한 나에게는, 의도적으로 카스카베에 관한 정보를 숨길 자격은 없을 것이다.

그런 생각 때문에 나는 솔직하게 카스카베에 관한 정보를 토이로에게 이야기했다.

그때 그 말은 사실이었지만, 그 안에 내 마음은 하나도 깃들어 있지 않았다.


"물론 카스카베는 괜찮은 녀석이라고 생각해. 토이로,

너를 행복하게 해줄 거라고 말했었고. 진짜 실제로도 그렇게 해줄지도 몰라. ──하지만, 난 그게 싫어!"

어린 시절에 갔던 축제의 기억을 더듬다가 문득 기억해 냈던 것이다. 그때 토이로는 나에게 진심을 전해줬다. 그 덕분에 나는 안심할 수 있었다.

그러나 나는 토이로에게 아무것도 전해주지 않았다.

나는 마음을 굳게 먹고 말했다.

"나는 임시 남자 친구이지만…… 가짜이지만……. 그래도 토이로, 너에게 나 말고 진짜 남자 친구가 생기는 것은, 싫어……."

온몸이 순식간에 뜨거워졌다. 목소리가 떨리는 것을 막을 수 없었다.

이제는 카스카베란 녀석 따윈 아무래도 좋았다.

후나미의 의뢰도 지금은 상관없다.

이것은 내 진심이다.

어제는 밤까지 토이로가 내 방에 오지 않았다. 저녁 시간. 은색 빛이 비치는 왠지 쓸쓸하고 고요한 방 안. 만약에 토이로가 내 곁을 떠나서 이 광경이 앞으로도 쭉 이어진다면 어떨까. 그것을 상상하고 전율했다.

그리고 그 후 토이로가 내 방에 와줬을 때의 충족감. 안심감. 나는 그것을 포기하고 싶지는 않았다.

이 감정을 사랑이라고 부르는지는 나는 모르겠다. 다만 뭐가 어찌 됐든 간에, 토이로 곁에 있는 사람은 나였으면 좋겠다.

이기적인 소망일지도 모르지만, 그 마음을 전하지 않으면 후회할 것이다.

오로지 그 생각만 했다.

토이로는 계속 내 얼굴을 쳐다보면서 조용히 내 이야기를 들어주고 있었다.

☆

설마 마사이치가 그 이야기를 먼저 꺼내리라고는 전혀 예상하지 못했다.

나는 놀랐고, 또 조금 기뻤다. 마사이치도 진지하게 생각을 해주고 있었구나……하고. 나도 참 단순하구나.

게임 센터에서 돌아오는 길에 마사이치가 카스카베 이야기를 꺼냈을 때, 사실 나는 상당히 섭섭했다.

다른 사람을 좋게 소개해주다니.

마사이치는 내가 다른 곳으로 가버려도 상관없는 거야? 하고.

내 곁에 있는 사람이 네가 아니어도 괜찮은 거야? 하고.

하지만 그건 임시 남자 친구에게 할 말이 아니어서 꾹

참았다. 그래도 그런 마음은 억누를 수 없어서 자꾸만 생각이 맴돌았다.

"……그렇구나."

나는 조그맣게 중얼거렸다. 마사이치가 마른침을 꿀꺽 삼키는 소리가 들렸다.

불안했다. 나와 마사이치 사이의 온도 차이가.

그것은 지금까지 체험해본 적이 없는 엄청난 공포였고, 만약에 진짜 커플이 된다면 이런 기분도 맛보는 건가 하는 생각이 들었다.

그런 상황에서 어젯밤 오랜만에 마사이치의 방에 가서 만화책을 읽었다. 둘이서 신나게 감상을 이야기하고, 같이 그 페이지를 다시 보기도 하고, 이 캐릭터가 좋다든가 어떤 장면이 멋지다든가 하는 의견을 교환하기도 했다. 그것이 너무나 즐거워서, 역시 이 시간이 나에게 소중하다고 생각했다.

결국 우리는 소꿉친구로 지내는 게 좋지 않을까 하는 생각이 들어서 오늘은 연인 작업도 하지 않았는데…….

설마 마사이치가 먼저 '진짜 연인 작업'을 시도할 줄이야.

내가 폐를 끼쳤구나.

마사이치는 나를 걱정해준 거다.

처음으로 그의 솔직한 마음을 듣고 정말로 기뻤다. 안심되었다.

자신은 임시 남자 친구이지만, 진짜 남자 친구가 생기길 원치 않는다니. 이건 거의 고백이나 마찬가지 아닌가?

　내가 너무 낙관적으로 생각하는 걸까? 하지만 나와 멀어지고 싶지 않다는 마음은 분명히 느껴졌다.

　그렇게 정확한 말로 표현하지는 못하는 것이, 그의 마음의 현재 위치일 것이다.

　나도 내가 좀 조급하게 군다는 것은 알고 있었다. 그러니까 그가 느리다고 생각하진 않는다.

　"그렇구나."

　나는 또다시 중얼거렸다.

　"그래, 그렇구나."

　마사이치가 걱정스러운 표정으로 이쪽을 보고 있었다.

　"응, 그렇지."

　"그래, 그래, 그렇구나."

　마사이치의 난처한 표정을 보면서 나는 속으로 나쁜 생각을 하고 있었다.

　이제 걱정은 사라졌지만, 애초에 나를 이렇게 만든 건 마사이치였다.

　그러니까 작은 복수를 해야지.

　이런 짓은 하면 안 된다고 생각하면서도 나는 결국 그 말을 입에 담고 말았다——.

*

"마사이치는 정말 나와 같이 있고 싶어?"

토이로는 내 얼굴을 아래서 들여다보면서 물었다.

"응. 물론이지."

내가 즉시 고개를 끄덕이자, 토이로는 또 조그맣게 "그렇구나"라고 중얼거렸다.

그러나 곧이어서 튀어나온 말이 나를 당황하게 했다.

"……그럼 증명해 봐."

증명하라고?

……어떻게?

말로는 부족하니까 뭔가 행동으로 보여 달라는 건가.

만화에서 이런 장면을 본 적이 있다.

만화의 주인공은 자기 마음을 전하기 위해 여주인공에게 키스했다.

하지만 그건 선을 넘는 행위이다.

우리의 연인 관계는 임시일 뿐이다.

그렇다면 나는 앞으로도 계속 토이로와 같이 있고 싶다는 이 마음을 어떻게 전해야 해야 할까.

어느새 나는 눈을 내리깐 채 생각하다가 힐끔 토이로를 봤다.

그녀는 작은 입술을 꼭 다물고 불안해 보이는 얼굴로 나를 바라보고 있었다.

나는 무의식중에 충격을 받았다.

왜 나는 토이로를 걱정시키고 있지? 망설일 시간은 없어.

나는 토이로에게 가까이 다가갔다. 토이로가 놀라서 눈을 동그랗게 떴지만, 난 개의치 않고 나는 토이로의 몸을 뒤에서 꽉 끌어안았다.

생각보다 더 가냘프고 폭신하고 부드러웠다. 유카타를 입어서 그런 걸까, 토이로의 체온과 신체의 감촉이 너무나 선명하게 전해져왔다. 그와 동시에 머리카락에서 달콤한 냄새가 풍겨왔다. 더할 나위 없는 행복감이 나를 꽉 채웠다.

나는 행복감에 취해 무심코 토이로를 더 강하게 끌어안았다.

그러자 내 팔에 뭔가 딱딱한 질감과 부드러운 감촉이 전해져왔다.

어, 설마…….

이 딱딱한 질감은 유카타 안쪽에 있는 속옷인가?!

망했다!

뒤늦게 정신을 차린 나는 허둥지둥 팔을 풀었다.

그런데 예상외의 일이 벌어졌다.

토이로가 내가 팔을 풀지 못하게 꽉 붙잡았다.

나는 그대로 얼어버렸다.

뭐, 뭐지? 놓지 말라는 건가?

뒤에서 꺼안고 있는 탓에 토이로의 표정을 알 수가 없었다.

결국 난 팔에 느껴지는 감촉을 의식하지 않으려고 애쓰면서, 최대한 온도를 느낄 수 있도록 나는 토이로에게 착 달라붙어 부드럽게 그녀를 안아주었다.

몇 분일까, 아니면 몇십 분일까.

이윽고 토이로가 천천히 몸의 힘을 뺐다.

"아하하, 잘 알았어. 마사이치의 마음!"

내 팔을 놓고 나를 돌아보는 토이로. 그녀는 뺨을 붉히면서 활짝 웃고 있었다.

"어, 응. 다행이네."

나는 묘한 부끄러움을 느끼며 대답했다. 나도 모르게 시선을 피하며 뺨을 긁었다.

그녀를 보고 있으니 방금까지 느끼던 온기가 그리웠다. 토이로도 나와 같은 심정이면 좋을 텐데.

그때 멀리서 터진 환성과 동시에 하늘이 확 밝아졌다.

나와 토이로는 서로 얼굴을 마주 보고 일어나 건물 앞쪽으로 나갔다.

"우와~!"

토이로가 놀라서 탄성을 발했다.

나도 조용히 숨을 삼켰다.

경내에 있던 화톳불 화로에 불이 붙었다.

이 가을 축제는 화톳불 축제라는 별명이 있다. 거대한 화로에서 화려하게 타오르는 불도 있는가 하면, 부드럽게 일렁거리는 불도 있었다. 화로의 불빛이 돌바닥, 석상, 솔숲을 비추며 환상적인 공간을 만들어냈다.

"전에 같이 왔을 때는 못 봤었지?"

내가 물어보자 토이로가 고개를 끄덕거렸다.

"그때는 이 시간까지 머물지 않았으니까. 친구랑 같이 왔을 때도 여기 배전 쪽에는 와본 적이 없었어. 정말 아름답다!"

여기까지 오면서 통과했던 저쪽의 노점들이 모여 있는 구역에도 화톳불은 군데군데 설치되어 있었다. 그러나 아름다운 불을 구경하고 싶다면 무조건 여기로 와야 한다. 이걸 아는 동네 사람들도 점점 이쪽으로 몰리고 있었다.

한동안 우리는 거기서 화톳불을 바라보면서 이미 다 식어버린 닭튀김과 감자튀김을 먹었다. 그 후 노점 쪽도 보러 갈까? 하고 이동하기 시작했다.

내 손에 슬쩍슬쩍 토이로의 손등이 닿았다.

곁눈질로 옆을 봤더니, 토이로는 똑바로 앞만 보고 있었다. 차분한 그 눈동자에서는 붉은 불빛이 깜빡깜빡 반짝거리고 있었다.

나는 묵묵히 나에게 닿은 그 손을 잡았다. 그러자 좀 서늘하고 차가운 손이 내 손을 똑같이 꼭 잡아줬다.

걸으면서 토이로가 나머지 한 손의 집게손가락을 곧게 세웠다.

"아, 맞다! 하나 더 말하고 싶은 것이 있는데."

"뭐, 뭔데?"

나는 무심코 허리를 쭉 펴고 자세를 바로 했다. 토이로가 힐끗 이쪽을 보더니 다시 앞을 바라보면서 입을 움직였다.

"이, 있잖아, 너는. 좀 더 자신감을 가져야 해."

"자신감?"

"응. 마사이치, 너도 다정하고, 나를 소중히 여겨주고, 의외로 열정적인 면도 있고…… 그 외에도 훌륭한 점이 아주 많아. '나쁜 녀석은 아닌 것 같다'는 수준과는 비교가 안 될 정도야."

그것은 카스카베를 좋게 소개해주는 것 같았던 나의 발언에 대한 토이로의 대답이었다.

"난 말이지, 마사이치가 좋아. 다른 누군가가 아니라 마사이치가 좋아서 같이 있는 거야."

──마사이치. 난 너랑 같이 있는 게 좋았어.

언젠가 축제 도중에 들었던 그 대사가, 어린 시절의 토이로의 음성으로 내 머릿속에서 되살아났다.

변하지 않았구나. 그 시절부터 쭉.

관계성은 조금씩 변하고 있어도 우리 둘 사이에 있는 감정은 변하지 않았다.

"저기, 마사이치. 너 지금 좀 부끄러워했지?"

"부, 부끄러워한 적 없어."

"거짓말. 얼굴이 빨개졌잖아."

내가 먼저 말을 꺼냈으면서 까맣게 잊고 있었다. 부끄러워하는 사람이 패배하는 연인 작업 게임 제3시합.

"화, 화톳불이야. 그 불빛 때문이라고."

"흠~ 진짜? 내가 너를 좋아한다는 정열적인 말을 듣고, 저절로 가슴이 두근거렸던 게 아니고~?"

토이로가 히죽히죽 웃으면서 나에게 그렇게 말했다.

그렇게 따지면 토이로, 너도 대화하는 도중에 부끄러워하는 상황이 있었던 것 같은데……. 새삼스레 기억을 되짚으려고 하니까 오히려 내가 부끄러운 대사를 마구 쏟아냈던 것이 떠올라서, 나는 무의식중에 생각을 중단하고 말았다.

큰일 났다. 이것은 나중에 방에 돌아가 혼자가 되면, 침대에서 끙끙거리며 이불을 찰 만한 사안이야…….

내가 그 창피함 때문에 추가로 더 부끄러워지려고 했을 때였다.

"앗!"

또다시 토이로가 뭔가 생각난 것처럼 큰 소리를 냈다.

"맞다, 맞아. 깜빡할 뻔했네."

그러면서 자기 팔에 걸고 있던 복조리 가방에서 스마트폰을 꺼냈다. 한 손으로 빠르게 조작하여 카메라 앱을 켰다.

"저기, 우리 사진 찍자. 투샷. 우리는 어디에 놀러 가도 사진을 전혀 안 찍었잖아?"

"나는 사진 찍을 때는 자연스럽게 웃지를 못하는 거 알잖아……. 그냥 마음의 셔터를 누르고 끝내면 안 돼?"

"안 돼. 연인 작업 게임의 벌칙이야."

토이로는 웃으며 강행했다.

나는 어쩔 수 없이 화톳불 앞에서 토이로 옆에 나란히 섰다. 화톳불을 향해 손을 뻗는 포즈를 취하는 토이로 옆에서, 나는 뭘 어쩌면 좋을지 몰라 어설프게 손가락으로 브이 자를 만들려다가 결국 손을 밑으로 내렸다.

토이로가 셔터를 눌렀다. 한 장일 줄 알았는데, 찰칵찰칵 연속으로 사진이 찍혔다.

"……어때?"

사진을 확인하는 토이로에게 나는 그렇게 물어봤다. 그러자 대답 대신 후후후 하고 웃음소리가 들려왔다.

"앗, 뭐야, 역시 이상해?"

"으음, 아니, 좋아! 뭔가 마사이치다워!"

"그게 무슨 소리야?! 역시 이상한 얼굴로 찍힌 거 아냐?"

"아하하. 집에 가면 너한테도 보내줄게!"

토이로는 즐겁게 웃더니 신나고 가벼운 발걸음으로 걷기 시작했다.

아니 뭐, 저렇게 기뻐하면 나도 더 이상 이러쿵저러쿵 떠들어댈 수도 없잖아.

"추억이 또 늘었네! 앞으로도 더 많이 늘리고 싶다."

토이로가 입에 올린 그 소원을 나도 같이 이루어주고 싶다고 생각하면서, 나는 토이로의 뒤를 쫓아갔다.

사랑을 모르는 소녀였다.

두근두근 터질 듯한 심장의 고동도, 사소한 일로도 금방 좋아졌다 나빠졌다 하는 기분도, 머리가 그 생각으로 가득해지는 것도.

전부 다 처음 경험하는 것이었다.

……사랑에 빠진 소녀들은 모두 이런 상태인 걸까?

사소한 일로 들뜨고, 힘들어하며 쉽게 불안에 빠진다. 한번 생각에 잠기면 순식간에 귀중한 게임 시간이 사라진다.

마음이 평온했던 나날이 그리울 지경이다.

……하지만 그보다도 더한 충격이 있다.

어느 날 아침, 자리에서 일어났더니 주변이 반짝반짝 빛나 보였다.

세상은 아무것도 변하지 않았는데, 내 눈에 보이는 모든 것들이 선명한 색을 띠고 있었다.

하루하루가 특별했고, 그와 함께 있는 시간이 신선했다.

소녀들이 푹 빠지는 게 이해가 됐다.

어느새 나 또한 거기에 정신없이 열중하고 있었다.

이번 일로 깨달았다. 점점 부풀어 오른 이 감정이 이제는 억누를 수 없을 정도로 커졌다는 것을.
마사이치는 내 옆에 다른 사람이 있어도 좋은 걸까—— 그와 온도 차이를 느낀 순간에 나는 가슴이 찢어지는 기분을 느꼈다. 나는 그 고통 속에서 내 마음을 깨달았다.

안 되겠어. 너무 좋아.

이게 사랑인 걸까, 진짜 연인이 되고 싶다—— 그런 생각은 이전에도 있었지만, 내 마음속에서 말로 표현한 것은 이게 처음이었다.

도저히 어쩔 수 없을 정도로, 좋아해.

——한번 받아들인 이후로는 즐기는 수밖에 없다.

-완

# 후기

최근에 말이죠, 십수 년 만에 잠자리채를 손에 쥐었습니다.

옛날에는 이게 표준 장비라고 해도 과언이 아닐 정도로 생물 채집에 열을 올리는 어린아이였는데요. 어른이 된 다음부터는 눈에 띄게 자연에서 멀어졌어요.

그런데 이번에 오랜만에 그물을 손에 들고 연못으로 가재를 잡으러 갔습니다.

어쩌다 그런 일을 하게 되었는지 설명하자면요. 두 살 난 아이가 한창 밖에서 놀고 싶어 하는 시기가 되었고, 또 생물도 무척 좋아하기 때문에 '그럼 나도 동심으로 돌아가 같이 놀아볼까!'란 생각을 하게 된 것입니다.

우선 100엔 숍에서 그물을 구매(실은 낚시 뜰채가 적합하지만, 이번에는 간단히 잠자리채로 대체). 막대기에 연실을 묶어서 그 끄트머리에 집게를 달아놓고 거기에 마른 오징어를 끼우면 낚싯대도 완성. 양동이는 집에 있는 것을 사용. 그 상태로 차를 몰고 밖으로 나갔습니다.

결론부터 말하자면 그날의 수확은 작은 야마토 새우 한 마리밖에 없었습니다.

옛날에는 하루에 약 50마리나 잡았던 전설——실적이

있는 장소였으니까요. 깜짝 놀랐습니다. 왜 이렇게 안 잡히지?! 하고요. 또 초조하기도 했습니다. 기대감에 부풀어 반짝거리던 아이의 눈동자가 점점 낙담과 더위로 인해 빛을 잃고 공허하게 변해가고 있었거든요.

연못은 공원 안에 있었는데요. 관리인 아저씨의 이야기에 의하면 수질이 변했고, 황소개구리가 다 잡아먹었다고 합니다.

그러고 보니 물의 양이 늘었고 연못 자체가 좀 깨끗해진 듯한 느낌이었어요(여기 온 것도 십수 년 만이지요). 그리고 근처의 숲에서는 황소개구리 울음소리가 들려왔고요…….

왜 가재가 사라졌는지 정확한 이유는 알 수 없지만, 아무튼 "여기도 많이 변했구나……"라고 생각을 했습니다.

오랜만에 생물 채집을 하러 갔다가 그리움과 쓸쓸함을 동시에 느낀 사건이었습니다.


참고로 그때 눈빛이 공허해졌던 아이는 야마토 새우를 가재 새끼라고 믿고 있습니다. 그 새우는 이제 '나자리'라는 이름을 얻어서 집의 거실에 살고 있으니, 생각나면 한번 트위터에 사진을 올려볼게요.


자, 그럼 화제를 좀 바꿔서요. 만화나 애니메이션이나 라이트노벨에서는 말투(어미)가 특이한 여자애 캐릭터가 나오잖아요?

저는 그런 캐릭터를 순수하게 귀엽다고 생각하면서 봤을 뿐이지, 깊게 고찰해본 적은 없었는데요. 최근에 생각을 해봤습니다. 그런 캐릭터를 맨 처음 만들어낸 사람은 육아 경험자인 게 아닐까? 하고요.

"~~인 거양!"

"~~인 거구낭."

"해보는 거양!"

이제 막 말문이 트인 우리 아이가 지금 그런 식으로 이야기를 하고 있거든요. 헉! 그런 여자애 캐릭터의 어미를 개발한 시조님은 여기서 아이디어를 얻었구나! 하고 깨달았습니다.

제 가설이 어떻습니까?


그럼 〈차라리 사귈까?〉 3권의 감사 인사를 드리겠습니다.

시오 카즈노코 선생님, 매번 훌륭하고 귀여운 일러스트를 그려주셔서 감사합니다. 다음 편을 낼 때마다 '이번에도 또 시오 카즈노코 선생님의 일러스트를 볼 수 있겠구나!' 하고 즐거워하고 있습니다.

담당자 S님. 이번 작품은 어떻게 될까 하고 걱정했습니다만, 여러모로 도와주셔서 감사합니다. 앞으로도 부디 잘 부탁드리겠습니다.

그리고 4월부터는 〈이웃집 영 점프〉에서 〈차라리 사귈까?〉 만화판 연재가 시작됐습니다. 니시지마 레이 선생님이 그린 귀여운 토이로를 볼 수 있으니 꼭 한번 확인해주세요. 앱을 통해 쉽게 읽으실 수 있습니다! 소설과는 다른 재미가 있고, 스토리가 그림으로 진행되는 감동이 있어서요. 저도 매회 업데이트 되는 것을 즐겁게 기다리고 있습니다.

끝으로 이번 작품을 이렇게 마지막까지 읽어주신 독자 여러분. 정말 감사합니다. 혹시 여러분이 재미있게 읽으셨다면 이렇게 끝까지 쓴 보람이 있을 겁니다. SNS 같은 데 감상을 적어주신다면 기쁠 거예요. 저도 매일 체크하고 있으니까요.

진심으로 감사드립니다.

카노다 키즈

Ne, Mouisso Tsukiattyau?
Osananajimi no Bisyoujo ni Tanomarete, Kamohurakareshi Hajimemashita 3
©Kizu Kanoda
Originally published in Japan in 2022 by HOBBY JAPAN CO., Ltd.
Korean translation rights ©2022 by Somy Media, Inc.

**있잖아, 우리 차라리 사귈까? 3 소꿉친구인 미소녀의 부탁을 받고위장 남친이 되었습니다**

2022년 12월 15일 1판 1쇄 발행

저　　　자 카노다 키즈
**일 러 스 트** 시오 카즈노코
**옮 긴 이** 박정철
**발 행 인** 유재옥
**본 부 장** 조병권
**편 집 1 팀** 김준규 김혜연 박소연
**편 집 2 팀** 박치우 정영길 정지원 조찬희
**편 집 3 팀** 오준영 이해빈
**라이츠담당** 김정미 맹미영 이윤서 이승희
**디 지 털** 김지연 박상섭 유영준
**미　　　술** 김보라 박민솔
**발 행 처** ㈜소미미디어
**인쇄제작처** ㈜코리아피엔피
**등　　　록** 제2015-000008호
**주　　　소** 서울시 마포구 토정로222, 403호 (신수동, 한국출판콘텐츠센터)
**판　　　매** ㈜소미미디어
**마 케 팅** 박종욱
**영　　　업** 최원석 최정연 한민지
**물　　　류** 백철기 허석용
**전　　　화** (02)567-3388, Fax (02)322-7665

ISBN 979-11-384-3500-0
ISBN 979-11-384-1220-9 (세트)